Un fils pour mes terres

Antonin Malroux

Un fils pour mes terres

ROMAN

Albin Michel

1

En cette année 1955, la jeune et douce Angéla Ramioni, placée chez les Deschaumes depuis l'âge de quatorze ans, rejoignait chaque matin, vers les huit heures, la ferme de ses maîtres, à Bienvenue, tandis que sa mère se rendait à l'usine de conserverie.

Les Deschaumes exploitaient une ferme, ainsi qu'une entreprise de bois héritée des parents de Mme Deschaumes.

Hippolyte, le maître des lieux, régnait sur son personnel avec autorité et rigueur. Vêtu toute l'année de vestes sport et de jodhpurs, les mollets enserrés par des guêtres de toile ou de cuir, l'homme en imposait à tous malgré un chapeau trop petit éternellement vissé en haut de son mètre quatre-vingts.

Lorsqu'il se déplaçait en voiture, il conduisait avec des gants de cuir, qu'il ôtait d'un geste lent et suffisant. Ceux dont il serrait la main s'en souvenaient toujours et confiaient, songeurs : « Quand il nous serre la main, on dirait qu'on lui appartient tellement il y met de force... »

Et ils passaient sous silence quelque chose de plus, l'impression troublante qu'Hippolyte Deschaumes était indestructible...

Son épouse, elle, s'accommodait de cette manière de vivre mais appréciait une certaine simplicité. Par exemple donner du grain à la volaille l'enchantait. Rien ne la retenait d'aider aux pénibles travaux de fenaison, de moisson. Le personnel demeurait à la tâche toute l'année, subvenant l'été aux travaux de la ferme et l'hiver aux coupes de bois qu'exploitait le patron.

La ferme, pour peu qu'elle employât deux personnes pour quinze bovins plus deux ou trois porcs, fournissait alors les bons produits de table.

Quant aux femmes employées à demeure, elles étaient deux : Pélagie Sermoniol, la cuisinière – qui savait et pouvait tout faire – et la toute jeune Angéla Ramioni.

Pélagie logeait dans la maison des maîtres depuis fort longtemps, à vrai dire depuis toujours. Les parents Deschaumes avaient recueilli l'orpheline alors qu'elle était toute petite. Aujourd'hui elle atteignait ses trente-cinq ans. Elle n'était pas jolie, Pélagie, aucun regard d'homme ne la faisait se sentir femme. Une malformation de la hanche l'affligeait d'une démarche particulière et, comme il se doit, le venin des langues lui donnait de « la boiteuse ».

Elle aurait tant voulu devenir infirmière qu'elle se débrouillait pour vivre sa passion en aidant les malades à se soigner, et le docteur du pays était au courant. Il savait qu'elle faisait parfois des piqûres, très adroitement d'ailleurs. Elle rendait service.

Angéla, elle, était dans le tendre de ses dix-sept ans et habitait avec sa mère, Ernestine Charensat, à la Fournial, un lieu-dit qui jouxtait le bas de Bienvenue. Auprès de Pélagie, elle apprenait, tout en s'occupant des deux fillettes Deschaumes, âgées de quatre et cinq ans. Les deux femmes ne chômaient pas, et c'était bien. En somme, tout allait parfaitement à Bienvenue, et la commune de Rougerie, à laquelle était rattaché le hameau, pouvait s'enorgueillir d'un dynamisme vanté par son maire.

L'autre ferme du hameau, plus modeste, dont les fermiers vieillissants s'appelaient Launes, vivait alors en bonne entente de voisinage avec les Deschaumes. Les temps étaient calmes.

Dans sa solitude, Ernestine Charensat songeait souvent à son « mari », le père d'Angéla. Elle se demandait encore comment cet homme venant d'Italie avait pu arriver jusqu'ici, en Auvergne. Un si long chemin, à pied, comment est-ce possible ? Ils s'étaient rencontrés juste avant la Seconde Guerre mondiale, ils s'étaient aimés, et leur enfant portait son nom. Les papiers pour le mariage ne leur étaient jamais parvenus, mais Joseph avait reconnu Angéla. Et lui qui avait tellement souhaité un garçon pour l'appeler Ange, avait vu naître une fille !

Ernestine se nommait donc toujours Charensat. Elle arrivait maintenant à en plaisanter : « Ne me parle pas des hommes surtout ! C'est vrai que le mien, il n'était pas d'ici... quand le mal du pays l'a rattrapé, le reste n'a plus compté. Je t'écrirai, qu'il m'a dit, et vous me rejoindrez toutes les deux... mais plus jamais de nouvelles ! »

Et elle tait le reste. Les longues soirées d'attente, d'inquiétude, puis de chagrin.

Pour Angéla, il avait fallu trouver une solution. À peine avait-elle grandi et réussi son certificat d'études qu'Ernestine avait dû la placer chez les Deschaumes. Il fallait bien assurer le quotidien comme elle-même le faisait du matin au soir à la conserverie de la commune voisine. À l'usine, on disait d'elle : « Quelle courageuse femme ! Elle a bien du mérite ! »

Elle l'avait attendu si longtemps, son Joseph Ramioni ! Sa fille portait en elle cette superbe très italienne, en particulier dans le regard.

Les garçons courtisaient la gracieuse Angéla lorsqu'elle se rendait sur la place du village. Sa mère veillait, se répandait en recommandations et ne manquait pas de la chaperonner lors des quelques bals où elle se rendait.

Mère et fille avaient ainsi vécu en harmonie

jusqu'alors. Rien n'eût pu laisser prévoir ce qui allait arriver.

Depuis quelque temps, Ernestine observait sa fille, remarquait des changements qui l'alertaient. Elle la questionna mais Angéla se butait, s'enfermait dans un silence hostile qui augmentait encore l'appréhension et l'inquiétude de sa mère.

– Mais... on dirait que tu as grossi, montre-moi ta taille...

– Ce sont les vêtements, j'aime les porter plus larges avec l'hiver et c'est plus commode pour travailler.

– Qu'est-ce que tu me racontes là ? Montre-moi ta taille ! cria la mère, soudain emportée par la panique.

Angéla ferma les yeux et resta figée, le visage blême, cependant que sa mère soulevait ses vêtements et palpait son ventre de deux mains tremblantes.

– Mon Dieu... Qu'as-tu fait ? Angéla... Ce n'est pas possible ! Comment as-tu pu trahir ma confiance ? Alors tu es enceinte, c'est ça ? Dis-moi ! C'est ça ?

La jeune fille paraissait tétanisée, incapable d'articuler une parole.

Alors, perdant tout contrôle, Ernestine la gifla en hurlant :

– Qui t'a fait ça ? Qui est le père ? Réponds ! Tu m'as déshonorée !

Elle la saisit aux épaules et la secoua de toutes ses forces.

– Tu m'entends ? Qui est-ce ? Qui t'a fait ça ? Réponds !

Et, aussi brusquement qu'elle avait jailli, sa fureur retomba. Son souffle était court. Elle regarda son enfant avec une immense détresse.

– Que va-t-on faire ? Que va-t-on devenir ? Tu ne veux toujours rien me dire ? Alors il vaudrait mieux que tu quittes cette maison, va rejoindre ton goujat. Va-t'en d'ici.

Ernestine s'écroula sur une chaise, la tête dans ses mains. Elle ne vit pas son enfant quitter la pièce, le visage brûlant de larmes. La porte n'avait pas claqué.

De longues heures durant, Ernestine resta ainsi prostrée, incapable d'un geste, d'une pensée cohérente. Le feu de la cuisinière s'éteignait doucement, le froid envahissait la pièce comme il mordait son cœur. La raison lui échappait. Des visages d'hommes défilaient dans sa tête. Quel était celui qui avait pris sa fille ? Un des jeunes du village ? Un employé de la ferme ? Ils avaient tous de si bizarres comportements ! Mais tout s'embrouillait, tout s'enlisait dans ses larmes...

Angéla s'était réfugiée dans le hangar à bois. Elle avait tant redouté ce moment... Ses bras protégeaient son ventre du vent glacé. Elle était sortie sans manteau, sans même y songer. Elle se recroquevilla, et secouée de tremblements se mit à attendre. Sa mère viendrait la rechercher, la ramener dans la chaleur de leur foyer... Elle viendrait... Combien de temps épia-t-elle les bruits de la maison, l'absence de pas... Une heure, peut-être deux. Lorsqu'elle entendit les verrous de sa maison claquer, elle sut que tout était fini. En elle, quelque chose se déchira. Elle parvint à se lever, et partit sans se retourner.

Une neige à demi fondue marquait çà et là la campagne, les congères du chemin avaient été souillées. Seul le froid demeurait intact, aigu.

Un seul refuge possible : les Deschaumes ! Alors ses pas la portèrent vers la ferme où elle travaillait. Elle hésitait encore quand sa main frappa à la porte.

Un grand feu crépitait dans la cheminée, la maison sentait bon. Elle connaissait cette odeur de bien-être, dont elle profitait peut-être pour la dernière fois. Les deux fillettes se précipitèrent vers elle et s'accrochèrent à ses jupes, et Angéla eut bien du mal à parler. Même le chien Cranou tenait à lui faire la fête.

Mme Deschaumes, surprise de cette visite dominicale, comprit très vite qu'un drame se jouait.

Angéla se laissa tomber sur un banc et, maladroite, tremblante, osa dire son état et comment sa mère venait de la chasser. Elle venait aussi présenter sa démission.

Irène Deschaumes écarta ses enfants, et prit soin de consoler la jeune désemparée. Elle aussi attendait un enfant pour le début de l'année, et cette coïncidence la fit sourire. Et puis, tout le village connaissait l'histoire d'Ernestine et de sa fille... qui par ailleurs n'avait posé aucun problème jusqu'à ce jour. Alors...

Mme Deschaumes prit sa décision sur-le-champ, sans poser la moindre question.

– Tu demeureras chez nous jusqu'à ce que tu en décides autrement. Nous avons besoin de toi ici et tu plais bien à tout le monde. Pélagie comprendra aussi et t'aidera, elle ne va pas tarder. Tu as bien fait de venir, je me charge de M. Deschaumes, je sais qu'il t'estime.

Ainsi, en ce dimanche de décembre 1955 où la nuit tombait de bonne heure, Angéla quitta la maison de sa mère.

Elle dormit avec Pélagie en attendant qu'on lui aménageât un lieu pour elle seule. Elle pleura longtemps et, au bout de son chagrin, s'endormit enfin, délivrée du fardeau de son secret.

Le maître félicita son épouse de sa décision. Pélagie eut pour mission d'avertir Ernestine Charensat et de rapporter si possible tous les effets personnels de la petite.

Les employés remarquèrent à peine ce changement. En ces temps, il n'était pas rare qu'une deuxième servante soit logée à la ferme.

À compter de ce jour, Angéla et sa mère ne se virent plus. Mme Charensat dut annoncer à ses collègues de travail que sa fille demeurait désormais chez ses maîtres, les deux enfants donnant de la peine. Et ce fut tout.

Elles ne vivaient plus ensemble et ce ne fut désormais un secret pour personne.

Angéla dissimulait ses rondeurs sous des vêtements de plus en plus amples et puisait au fond d'elle-même les forces exigées pour le travail. Seuls ses maîtres savaient, et lui accordaient parfois quelque indulgence. Quant à Irène Deschaumes, tout heureuse de sa troisième grossesse, elle montrait sa joie, et ses deux filles attendaient avec impatience le nouveau venu.

M. Deschaumes désirait si fort un garçon qu'il n'imaginait pas un seul instant qu'il en fût autrement. Dans son enthousiasme, il souhaitait également un bon petit à sa servante.

Quant au père de l'enfant, Irène se demandait si Angéla ne le voyait pas en cachette. Elle risqua de temps à autre une discrète question, mais en vain. La jeune fille quittait rarement la ferme, Pélagie la couvait de son affection, la protégeait, à quel moment l'aurait-elle vu ? Qui donc était-ce ?

– Tu penses qu'il va venir quand, ce pitiou ? Tu peux me le dire, à moi, demanda Pélagie un jour.

Angéla ne put répondre avec certitude mais pensait que ce serait en mars.

– Vous ne mangez guère, mon petit, je le vois bien et vous avez vraiment mauvaise mine, poursuivit Irène. Il faut vous nourrir pour deux, faites-moi plaisir. Nous allons sans doute avoir nos bébés à quelques semaines d'intervalle.

– Merci, madame, mais je vais bien et je sens que mon petit bouge. C'est vrai que je n'ai pas grand appétit, mais je vais essayer, promit Angéla, je vais me forcer à manger davantage.

En vérité, elle avait perdu toute joie de vivre et le travail lui devenait de jour en jour plus pénible.

– Pense à ton pitiou, suppliait Pélagie, rien qu'à lui, c'est beau d'avoir un petit, j'aimerais bien aussi, tu sais, mais personne ne veut de moi..., disait-elle en essayant de sourire.

Angéla savait qu'à la ferme les hommes se moquaient d'elle, maintenant tout le monde savait. L'un d'eux lui avait dit :

– Ah, tu faisais la difficile avec moi, tu jouais la pimbêche, eh ben quelqu'un en a profité ! Et je sais qui c'est ! ajouta-t-il.

– Laissez-la donc tranquille, avait répondu M. Deschaumes qui avait tout entendu.

Puis il s'était retiré, rejoignant ses journaux où l'on parlait beaucoup de l'investiture de Guy Mollet à l'Assemblée nationale. Hippolyte aimait la politique et suivait avec soin son déroulement à la radio et dans la presse.

Quand on songe à devenir membre du conseil municipal, on se doit à l'information...

Les Deschaumes attendaient la venue de leur enfant pour la mi-février.

Dès les premiers jours du mois, une chape de froid intense s'abattit sur le pays. Des températures de moins vingt degrés emprisonnèrent dans le gel et la glace les terres et les points d'eau. Plus une goutte ne circulait dans les rases, on abreuvait à grand-peine les animaux hivernants dans les étables. Les accès, les chemins, les routes disparaissaient sous la glace et l'on apercevait de loin en loin des cadavres d'oiseaux comme ciselés dans la pierre. Parfois on entendait le bruit sinistre d'un arbre qui éclatait. Dans les caves, on couvrait de foin les pommes de terre, les raves et les choux raves. Dans les maisons, l'intérieur des vitres s'épaississait de fleurs de givre qui ne dégelaient pas de la journée.

De mémoire de paysan, jamais on n'avait eu un froid pareil et les quelques prévisions météo n'annonçaient aucune amélioration.

Quand la bise oublie février, dit-on, elle arrive en mai... Très peu pour cette année ! La bise de février s'engouffrait en sifflant comme en Sibérie ! La France tout entière subissait de plein fouet cette froidure exceptionnelle. À la radio, André Dulin, secrétaire d'État à l'Agriculture, commentait les désastres : « Deux millions d'hectares de blé gelés, quatre millions d'oliviers perdus dans le Midi. Le désastre est national ! »

Ce fut ce lundi 20 février, dans l'après-midi, que Mme Deschaumes ressentit les prémices de son accouchement. La coïncidence voulut qu'Angéla ressente les mêmes symptômes au même moment. Et impossible de se rendre à la plus proche maternité.

Hippolyte Deschaumes tournait en rond : « Ma parole, elles vont accoucher le même jour ! » se répétait-il.

La nuit vint. Le médecin, lui, expliqua qu'il avait une urgence et qu'il ne pourrait se libérer que très tard. « Mais rassurez-vous, ma 2CV me conduira sans problèmes, elle ne m'a jamais laissé tomber ! Et puis vous avez Pélagie, elle vous sera d'un grand secours ! »

Pélagie, qui avait assisté plusieurs accouchements, s'empressait de tranquilliser l'une et l'autre.

– Faut-il prévenir ta mère, Angéla ?

– Non ! Quoi qu'il arrive ! promettez-le-moi !

Pélagie savait que la jeune femme ne se portait

pas bien, des soins particuliers lui auraient été nécessaires, et aussi une présence rassurante. Mais Angéla avait tout refusé, même une visite chez le médecin.

Pélagie allait maintenant de l'une à l'autre, apaisante, généreuse. Elle savait ce qu'il fallait préparer et faire dans ces cas-là. Le médecin tardait. Les deux petites, Sophie et Christine, avaient été confiées à leurs voisins, les Launes.

La pendule sonna ses neuf heures.

Les deux bébés naquirent à un quart d'heure d'intervalle. Pélagie fit de son mieux, non sans une appréhension de tous les instants. Mais lorsque le docteur Cros se présenta enfin, tout était terminé.

– Ce sont des choses si naturelles, dit-elle.

Les nouveau-nés furent langés et placés dans les berceaux installés dans la grande pièce, la plus chaude, près de la cheminée. Dans les chambres, surtout celle d'Angéla, la température ne dépassait pas trois ou quatre degrés.

– Vous êtes extraordinaire, Pélagie, une vraie sage-femme ! murmura le médecin en visitant les deux femmes. Tout est parfait, je vous félicite.

– Merci docteur.

Elle le rejoignit cependant qu'il se lavait les mains.

– Angéla semble bien faible, qu'en pensez-vous ?

– Je ne savais pas qu'elle attendait un enfant. Ce n'est pas un cas unique, mais c'est attristant. Et... le père ? questionna-t-il timidement.

Pélagie fit une moue d'ignorance.

– Elle est bien faible, je reviendrai demain, il faut la surveiller de très près. Comment a-t-on appelé ces deux petits ?

– Lazare pour le petit Deschaumes, Ange pour celui d'Angéla.

– Deux hommes de plus pour le pays, ajouta-t-il en délivrant les deux certificats de naissance. Deux bébés le même soir dans la même maison... Exceptionnel !

Quant à Hippolyte, fou de joie d'avoir un garçon, il faisait déjà des projets, bâtissait l'avenir.

– Deux garçons de plus à la maison ! s'écria-t-il. Ils s'élèveront ensemble, je te le promets, Angéla !

Au comble du bonheur, il sabra une bouteille de champagne et servit les deux mères, Pélagie, ainsi que le docteur Cros.

– Je n'ai pourtant pas fait grand travail..., dit ce dernier en trinquant.

Puis le calme revint sur la ferme. On entendit le moteur de la 2CV tourner, avant de s'éloigner dans la nuit glaciale.

Pélagie assura le feu, jeta un dernier regard aux bébés et, anéantie de fatigue, eut à peine le temps de s'installer entre les deux berceaux avant de plonger dans le sommeil.

Dehors, le thermomètre continuait de chuter, en marche vers des records de froid historiques.

C'est une sensation de danger qui éveilla Pélagie.

Elle ouvrit les yeux. Dans la cheminée les flammes

crépitaient, les lueurs cuivraient une forme qui se tenait près d'elle, debout entre les berceaux. La silhouette d'Hippolyte.

Pélagie voulut se redresser mais il l'arrêta d'un geste. Elle vit alors nettement qu'un des nouveau-nés ne respirait plus. Elle se sentit comme foudroyée, incapable même de comprendre, le regard fiché dans cet autre regard qui la transperçait, si intensément qu'elle se mit à trembler. Que s'était-il passé ? Quel bébé était mort ? Elle n'avait rien entendu, rien, pas un râle, pas un gémissement.

Deschaumes mit alors un doigt sur ses lèvres, le regard impérieux. Et elle comprit.

Pélagie comprit qu'elle se soumettait, qu'elle se tairait à jamais, et que ce secret empoisonnerait sa vie.

Elle songea tout à coup à Angéla et un hurlement lui échappa.

À la terrible nouvelle, Angéla s'évanouit.

Mme Deschaumes, bouleversée, serrait en pleurant le petit Lazare contre elle. Le docteur Cros ne put que constater le décès du petit Ange.

Pélagie se morfondait, s'accusait, invoquait le pardon de la Sainte Vierge. Il fallut que le brave médecin la raisonne, la calme.

– Ma pauvre Pélagie, vous n'y êtes pour rien, vous avez tant fait, remettez-vous !

Elle se tut, désormais complice.

Le lendemain, une ambulance conduisit Angéla à l'hôpital dans un état inquiétant. On prévint Mme Charensat qui, elle aussi, prit sa part de responsabilité dans le malheur qui frappait.

L'état de santé d'Angéla empira. Elle refusait de s'alimenter, se laissait mourir. Sa mère la veillait le plus possible. Mais entre elles, pas un mot ne put être échangé.

Au matin de la cinquième nuit, Mme Charensat apprit la mort de sa fille.

Deux enterrements en si peu de jours, un nouveau-né appelé Ange et sa jeune maman. Deux corps à enfouir dans la terre gelée. De mémoire de vieux, on n'avait jamais vécu de si triste et lamentable événement.

Les jours suivants, au village, chacun eut bien du mal à retrouver le cours de la vie. Mme Deschaumes muselait pudiquement son bonheur. Pélagie ne vivait plus que le regard baissé, et chaque jour qui passait l'éloignait un peu plus des autres.

Les premiers rayons de mars apportèrent un changement radical des températures. Le mois des glaces s'en était allé, lui et ses misères.

Un matin, Hippolyte Deschaumes prit à part Pélagie.

– Tu as été forte, ma pauvre Pélagie.

– J'ai honte, Hippolyte, j'ai tellement honte ! Angéla s'est laissée mourir...

Il l'interrompit :

– Oublie ça ! Le petit Lazare a besoin de beaucoup de soins, il est de faible constitution, je m'en suis rendu compte. Je te demande de t'en occuper tout particulièrement, je te donnerai tout ce que tu voudras, Pélagie, mais il faut que cet enfant devienne un bonhomme solide, c'est mon héritier. Nous sommes liés toi et moi par ce secret. Si tu parles, nous irons en prison tous les deux, tu m'entends ? Fais ce que je te demande, oublions le passé et tout ira bien.

Les larmes emplirent spontanément les yeux de Pélagie.

– Mon Dieu, pourquoi tout cela est arrivé ? Pourquoi ?

– Il ne faut plus penser qu'à ce petit, il le faut Pélagie, et rien d'autre ne doit compter dorénavant.

Pélagie Sermoniol n'avait ni la force ni le courage de s'opposer à son maître. Et pourquoi l'eût-elle fait ? Il était trop tard. Elle songea alors qu'il lui restait une chance de se racheter. En s'occupant de son mieux du petit. Sans se trahir.

2

Les Deschaumes embauchèrent une jeune fille de dix-huit ans pour remplacer Angéla. Maria était fille d'Espagnols installés au pays depuis plus de vingt ans.

Pélagie, le cœur serré, la vit occuper la chambre d'Angéla. Mais chagrinée ou non, elle savait qu'il lui faudrait s'habituer à cette nouvelle venue.

Le travail les submergea très vite et, au fil des jours, elles finirent par s'accoutumer l'une à l'autre.

L'été arriva. Lorsque fenaisons et moissons furent avancées, le petit Lazare avait pris force et vigueur. Le chétif bébé d'antan souriait maintenant à la vie, et le docteur Cros savait que Pélagie faisait de son mieux pour qu'il en fût ainsi. La mère aussi dorlotait cet enfant, peut-être au-delà du raisonnable, et ses sœurs l'adoraient.

Un jour que Pélagie et Hippolyte se trouvèrent en tête-à-tête, le maître annonça :

– Pélagie, tu mérites toute ma reconnaissance. Comme je te l'avais promis, tu auras ta récompense.

Malgré la gêne et le refus de Pélagie, il insista :

– Tu connais le jardin de Chapelou ? Avec sa petite maison où l'on range les outils et bien des choses qui ne servent à rien ? Nous avons hérité de cette terre éloignée il y a bien quinze ans.

Pélagie, d'abord surprise, sentait à présent monter son inquiétude. Elle crut bon de prendre les devants :

– Tu veux que j'aille habiter là-bas ? J'ai du mal à marcher, tu le sais, j'ai même des jours où c'est pénible pour moi...

Hippolyte lui sourit, puis, comme s'il prenait plaisir à la faire languir :

– J'ai une autre idée... Comme tu sais tenir parole, je te donne le jardinet et la maison, c'est une petite maison qui devrait te convenir. Je vais la faire aménager et, dès l'été prochain, ce sera à toi.

Pélagie ouvrit la bouche, mais ne réussit qu'à bafouiller. Puis elle secoua la tête, comme si elle n'y croyait pas.

– Comment va-t-on prendre ça, voyons ? Hippolyte, c'est une idée de fou ! J'ai pas besoin d'une maison, je suis pas à la retraite, à moins que tu veuilles plus de moi ?

– Irène et moi avons plus que jamais besoin de

toi, mon fils et nos filles aussi. Alors réfléchis à ma proposition.

– La boiteuse habite à Chapelou ! Tu imagines les ragots ! Et ça ne manque pas à Rougerie. C'est pas possible, non, c'est pas possible...

Deschaumes s'éloigna avec un sourire, laissant Pélagie à ses cogitations. Il tenait à sceller leur pacte de façon concrète, et n'avait trouvé que ce moyen pour prévenir un toujours possible sursaut de conscience de sa servante. Et il avait touché juste.

À compter de ce jour, Pélagie pensa jour et nuit à Chapelou. Et bien moins à ses remords.

Le jardin de Chapelou, du nom du hameau où il se situait, produisait de beaux légumes et possédait un puits, avantage non négligeable pour les cultures. Sur moins de mille mètres carrés de bonne terre, cette parcelle bien orientée avait toujours attisé les convoitises, mais les Deschaumes ne s'étaient jamais décidés à s'en séparer. On ne vend pas la terre, sauf extrême obligation, nécessité absolue.

À force de rêver à cette maisonnette, Pélagie y conduisait ses pas de temps à autre. Tout ça pour un silence ! songeait-elle. Puis, comme prise de panique, elle s'en retournait vers la ferme avec son refus.

Irène Deschaumes n'intervenait pas dans les affaires comptables, son mari gérait seul le domaine, si bien qu'il lui était possible d'agir à sa guise.

Un jour, on vit arriver quelques artisans, un maçon, puis un plombier, au jardin de Chapelou. Les paysans lorgnaient vers ces mouvements inhabituels et échafaudaient des hypothèses :

– Peut-être pour loger du personnel nouveau, paraît qu'il veut agrandir sa scierie...

– Bah, ils n'y mettront pas grand-monde, c'est si petit...

La surface habitable atteignait à peine les soixante mètres carrés, mais il fut aisé d'aménager deux pièces et une salle de bains, de quoi constituer un agréable logement.

Si agréable que Pélagie rendit les armes, pour la plus grande satisfaction de Deschaumes. Il fit donc une vente à Pélagie, devant notaire, et en assura tous les frais, ne perçut pas un centime mais fournit un reçu de paiement... Pélagie n'eut qu'à signer l'acte, d'une main timide. L'affaire ne s'ébruita aucunement, si bien qu'au pays, nul ne sut. Officiellement, Pélagie s'occuperait de l'entretien de cette maisonnette, et en aurait seule la responsabilité, le jardin étant cultivé par les gens de la ferme, comme par le passé.

– Cette maison ne mérite pas meilleure locataire que toi, dit un jour Hippolyte à Pélagie devant le personnel attablé.

La servante ne répondit pas et secoua la tête, comme si elle s'amusait de la proposition.

Pélagie ne changea guère ses habitudes. Elle

oubliait presque qu'elle possédait une maison avec un jardin autour.

Ernestine continuait de travailler à la conserverie. De temps à autre, Pélagie lui rendait visite, elle la trouvait bien seule et bien triste. Toutes deux parlaient d'Angéla, il ne pouvait en être autrement. Ernestine ressassait ses regrets, son emportement d'un jour, ce fameux jour... et revenait sans cesse à la même question : avec qui avait-elle couché ? Qui était donc ce père si lâche ? Parfois, elles allaient ensemble au cimetière, porter des fleurs et prier.

Un jour de fin novembre, M. et Mme Deschaumes frappèrent à sa porte. Ils conversèrent un moment, puis Deschaumes lui dit :

– Tous les ans, pour Noël, nous allions tous à la messe de Minuit et vous prenions en passant. Nous ferons comme d'habitude, avec Pélagie, n'est-ce pas ? Et si vous restiez avec nous au retour de la messe ? Mais je n'oserais insister...

Un silence lourd, puis :

– Pour la messe, je ne dis pas non..., répondit Ernestine.

Les Deschaumes n'allaient pas à la messe tous les dimanches mais ne manquaient jamais celles des Rameaux, de Pâques, du jour de la fête du village, ainsi que la messe de Noël suivie d'un petit réveillon à la maison.

Ernestine raccompagna jusqu'à la porte les patrons de sa fille, et s'en vint, seule, regagner son fauteuil. Depuis longtemps, elle s'était interdit les larmes. Ça ne sert qu'à fatiguer le corps, et le corps, elle en avait besoin pour l'ouvrage.

La fin de l'année approchait. Lazare faisait l'admiration de tous. Le regard de son père s'illuminait lorsqu'il se posait sur lui. Mais il ne croisait jamais celui de Pélagie dans ces moments-là.

Hippolyte sortit sa grosse voiture et dit à sa femme :

– Fin des restrictions sur l'approvisionnement en essence, les automobilistes peuvent circuler dans toute la France, voilà un superbe cadeau du gouvernement !

– Ne crois-tu pas qu'avec ce nouveau Marché commun, on aura d'autres ennuis ?

– Tu t'intéresses à tout ça maintenant, Irène ?

– La radio, c'est pour tout le monde, et je ne suis pas sourde.

En ce 24 décembre, l'église de Rougerie se remplissait peu à peu.

Au quatrième rang, on pouvait déjà apercevoir les Deschaumes accompagnés de leurs deux fillettes, de Pélagie, et d'Ernestine Charensat tout habillée de noir. Le petit Lazare, lui, demeurait bien chaudement à la maison, veillé par Mme Launes qui ne fréquentait pas les églises.

Dans la crèche en papier-rocher, en mousse et en paille, un enfant Jésus au regard pétillant tendait les bras entre Marie et Joseph. Pélagie détourna les yeux. Près d'elle, Ernestine priait. Un serrement de cœur la fit vaciller un court instant. Des larmes strièrent ses joues rougies par le froid, et un sentiment étrange la submergea lorsque la chorale entonna :

Il est né le Divin Enfant...

Qui pouvait-elle encore regarder en face ?

3

Lazare connaissait presque tous les recoins du hameau. À onze ans, avec ses deux sœurs, il jouait et courait dans les chemins, les granges et les hangars. La scierie et sa machinerie le passionnaient, sans oublier les camions et les tracteurs, comme tous les garçons.

À cinq cents mètres au-delà des bâtiments, au bord du chemin, se trouvait une petite maison, inquiétante derrière son rempart de verdure. On l'appelait depuis toujours la maison des Loges, au lieu-dit les Loges. On n'en devinait guère la toiture avec sa cheminée d'où s'échappait souvent une fumée que certains qualifiaient à voix basse de mystérieuse.

– Ne va pas traîner vers la maison des Loges, lui avait-on recommandé, la vieille te croquerait, elle te mangerait tout cru !

Car une femme vivait là, claquemurée et recluse derrière ce fatras d'arbustes, de buis, de fruitiers mélangés aux lilas, aux boules de neige, glycines et autres rosiers sauvages qui fleurissaient parfois à tour de rôle, parfois ensemble. Un portail cadenassé montait la garde.

« La vieille », à qui l'on ne pouvait donner d'âge vu son accoutrement, c'était la Rolande – on ignorait son nom exact –, une grosse femme venue un jour se réfugier dans le pays. On ne savait rien d'elle, sur sa vie planait un véritable mystère. Comme elle payait son loyer – si maigre soit-il – et qu'elle ne causait aucune gêne pour le hameau, on respectait sa solitude. Elle existait telle une marmotte, se ravitaillant une ou deux fois par mois au village. Une fois l'an, quelques personnes étrangères au pays venaient en voiture lui rendre visite.

Puis le silence retombait sur la maison des Loges.

Lazare était intrigué. Il était venu plusieurs fois rôder autour de cette bâtisse, parée de l'attrait des choses interdites.

Ce jour-là, un jeudi après-midi, Mme Pradine rendit visite à Mme Deschaumes, en compagnie d'Évelyne, sa fille, une camarade de classe de Lazare. Laissant les mères à leur conversation, les gamins complotèrent une expédition vers la maison de la vieille. Chacun s'enhardissant de la présence de l'autre, ils parvinrent jusqu'au chemin qui la bordait.

Leurs regards essayaient de pénétrer l'enchevêtrement des ramures, lorsqu'ils sentirent qu'on les observait. Ils n'eurent plus un geste. Seuls, leurs yeux bougeaient encore. Soudain une voix les cloua sur place :

– Tu es bien courageux de t'aventurer par ici, petit !

Et Lazare crut s'évanouir quand la main toucha son épaule.

– Tu es le petit dernier des Deschaumes ?

– Oui, madame, dit-il en relevant le menton.

– Viens jusqu'au portail, que je te voie de plus près, et toi aussi, petite, approche un peu.

Lazare se déplaça de quelques mètres et se rapprocha en tremblant du portillon. Face à lui, l'imposante femme, tout de noir vêtue, portait un chapeau de paille percé, en lambeau. Elle les scrutait derrière ses lunettes à verres si grossissants que ses yeux semblaient les toucher.

– Tu as peur, petit ?

Il ne pouvait répondre, mort de frousse, pris au piège, et le piège allait se refermer sur lui, il en était sûr.

– T'es pas bien gros, dis donc, quel âge as-tu ?

– Onze ans, madame.

– C'est vrai que vous autres, les Deschaumes, vous ne faites pas partie des gros, dit-elle en s'esclaffant.

À travers cette bouche qui s'ouvrait, Lazare entrevit les trois ou quatre dents qui ne demandaient qu'à le mordre, assurément !

– Comment tu t'appelles ?

– Lazare, madame, Lazare.

– Tu dois être le seul à porter ce nom dans tout le pays. Sais-tu qui était Lazare dans l'Histoire chrétienne ?

Il répondit non de la tête.

– Ça n'a pas d'importance. Rassure-toi, je ne te veux pas de mal, rapprochez-vous tous les deux.

– Et toi, qui es-tu ? Tu n'es pas de Bienvenue ?

– Je suis Évelyne Pradine, ma mère est venue rendre visite à Mme Deschaumes et puis...

– À deux, on est plus courageux, n'est-ce pas ?

Malgré leur crainte, ils s'avancèrent, franchirent le portail et pénétrèrent dans ce fouillis de feuilles et de branchages. La gorge serrée, le cœur emballé, ils se disaient qu'ils ne reverraient plus leurs familles, qu'ils vivaient là leurs dernières heures, mais ne reculaient pas pour autant. L'appel du vide, la fascination du gouffre...

– Asseyez-vous donc ici, sur ce banc.

Ils s'exécutèrent. Elle se laissa choir dans un vieux fauteuil à l'osier défoncé, tellement déformé et bancal qu'ils se demandèrent comment il pouvait la supporter.

Ils la regardèrent enfin. Visage rond, gras, aux replis parfois luisants avec des poils de barbe et de moustache qui s'animaient avec elle. Ses cheveux pas encore trop gris, coupés à la Jeanne d'Arc, lui faisaient comme un casque sur lequel s'appuyait le chapeau de paille.

Tout à coup, Lazare perçut une odeur très particulière qui lui parvenait chaque fois qu'elle bougeait, une odeur insupportable. Il fit une grimace. Elle ne se lavait donc jamais ?

Les mains croisées sur ses genoux, elle semblait l'épier.

– T'as une copine, une petite amie ?

– Non, madame.

– Tu es trop jeune, mais un jour, elles te mettront le grappin dessus et tu seras foutu, mon pauvre petit, foutu pour ta vie entière ! dit-elle en éclatant d'un gros rire bruyant.

Puis elle s'arrêta net. Elle les observait. Au bout d'un instant elle murmura :

– Dans la vie, on ne fait pas toujours ce qu'on veut, on tombe parfois bien bas contre sa volonté et au mépris de tous.

Lazare n'avait pas bougé d'un poil. Évelyne se collait à lui dans l'attente de la suite, paralysée.

– Eh bien ! lança Rolande en claquant les mains sur ses cuisses, nous allons boire un coup, vous devez avoir soif. Je n'ai que de l'eau et du vin.

– De l'eau, s'il vous plaît.

Lorsqu'elle se leva, les odeurs firent de même, jusqu'au nez de Lazare.

Les deux enfants attendirent, guettant fixement ce petit espace devant la porte entrouverte où le banc et le fauteuil prenaient presque toute la place. Pas de chat dans les parages, ni de chien. Juste une légère brise qui s'invitait en se faufilant à travers les ramures fraîches.

Pourtant glacés de peur, ni Lazare ni Évelyne ne s'enfuyait. Il leur fallait la suite.

Un verre dans chaque main, Rolande réapparut.

– Tenez, c'est de l'eau du puits. Vous ne buvez pas de vin ? Moi, je dois dire que j'aime ça, c'est même mon seul ami, le vin.

Lazare demeurait muet. Évelyne s'efforçait de boire.

– Peut-être mangeriez-vous un morceau ? Un bout de fromage, ça vous dit ?

– Non, merci, madame.

Son coude se leva tandis qu'elle fermait les yeux, et le contenu du verre disparut d'un trait. Lazare la vit s'essuyer d'un revers de main. Un frisson le parcourut.

– Ne bougez pas, petits.

Elle s'éloigna à nouveau et revint avec une assiette sur laquelle se côtoyaient une grosse part de bleu d'Auvergne et du pain.

Sans manière, elle étala la pâte bleuissante sur la tranche de pain, redressa au passage quelques miettes de bleu avec ses gros doigts, puis ouvrit la bouche...

Horrifié, Lazare eut un vertige et ferma les yeux. Lorsqu'il les rouvrit, ce fut pour s'apercevoir que le fromage bougeait, et il ne put retenir un haut-le-cœur, ce qui mit Rolande en joie.

– Les asticots n'ont jamais tué personne ! Ça améliore le fromage !

Ses bras battaient l'air et dans le malaise de Lazare, les odeurs le disputaient à la nausée.

Elle but encore quelques verres, émit un rot énorme puis un soupir de satisfaction.

– Tu es donc le petit amoureux d'Évelyne ? questionna-t-elle.

Lazare se retourna vers sa camarade.

– Heu ! mais on se connaît depuis si longtemps...

Rolande s'adressa à la fillette :

– Tu te marierais avec le petit Deschaumes, ma mignonne ?

Toute tremblante, elle répondit oui d'un vif mouvement de tête.

– À la bonne heure ! Tu vois, dit-elle en se retournant vers Lazare, elle a le courage de le dire, alors promets-moi de ne jamais la décevoir. Les hommes se croient toujours supérieurs, c'est bien connu. Tu promets ?

Lazare promit. Et soudain il eut très peur. Une peur panique. Ses yeux cherchèrent une issue. Cette femme répugnante le guettait derrière ses verres qui lui faisaient des yeux énormes... Il saisit brusquement Évelyne par la main et l'entraîna vers le portillon. Derrière eux le gros rire de Rolande les poursuivait, Lazare imagina l'énorme bouche, les dents... Ils avaient rejoint le portillon et à toutes jambes disparaissaient dans la campagne. L'affreux rire de la vieille et son odeur semblaient les rattraper... Ils coururent comme s'ils avaient le diable aux trousses... Le diable !

Quand ils arrivèrent enfin à Bienvenue, haletants et en sueur, Mme Pradine attendait sa fille pour s'en retourner chez elle. D'un seul regard, les deux gamins se promirent le secret sur leur escapade.

Lazare grimpa aussitôt dans son grenier et s'y enferma. Il tremblait encore.

Plus jamais, il ne se rendrait chez la vieille. Mais il se souvenait de ses propos, et rien ne les lui ferait oublier.

À dater de ce jour, lorsque sa mère, au cours des repas, prenait son habituel petit verre de vin, il n'était pas rare qu'il sente ses cheveux se dresser sur sa tête... Pourvu qu'elle ne boive jamais davantage, priait-il, pourvu...

Un an plus tard, on découvrit la Rolande étendue, morte près de son portail. Ce que l'on apprit alors stupéfia les habitants du village. Le maire s'était rendu à la maison des Loges pour constater le décès en compagnie du médecin. Il trouva une lettre bien en vue, déposée sur le buffet à son intention, et qui lui demandait de prévenir les personnes dont la liste suivait.

Celle que l'on avait appelée la vieille révélait un glorieux passé. Membre important de la Résistance dans l'est de la France, elle avait cependant été rasée en place publique dans la précipitation et l'euphorie de la Libération, avant que l'on puisse reconnaître l'erreur et sa véritable participation dans la lutte. Elle avait été réhabilitée, reçue et félicitée par le Général, mais la journaliste qu'elle était devenue ne pouvait oublier l'humiliation et, peu de temps après, elle s'était réfugiée ici, dans une incroyable solitude, loin d'un monde qui l'avait blessée à mort et pour qui elle avait risqué sa vie tant de fois.

Lors des obsèques, peu de monde suivit le cercueil de cette mystérieuse morte, mais ceux qui étaient là se souviendront toujours des drapeaux qui claquaient au vent, portés par des inconnus, ainsi que du discours que l'un d'eux prononça en hommage au capitaine X...

Comme on était loin de « la vieille »...

Après l'enterrement, le monde de Rougerie demeura coi face à l'événement. Hippolyte prit son jeune fils à part :

– Je sais qu'un jour tu lui as rendu visite, avec Évelyne, et que vous avez eu très peur.

Lazare, surpris, hochait la tête.

– Il ne faut jamais se fier à l'apparence des gens sans les connaître. Moi aussi, je regrette de ne pas l'avoir connue davantage. Mais voilà, elle a préféré garder son secret et vivre dans un isolement total. Elle avait ses raisons...

– Pourquoi me dis-tu ça, papa ?

– Pour que tu saches que chacun peut avoir son secret, bien caché au fond de lui-même...

Le garçon chercha les yeux de son père.

– Toi aussi, tu as un secret, papa ?

– Peut-être bien.

– Tu ne peux pas me le confier ?

– Si je te le confiais, ce ne serait plus un secret, répondit Hippolyte en souriant.

Lazare réfléchit un long moment, puis il se tourna vers son père.

– Comment savais-tu qu'on avait été la voir, la vieille ? Ça, c'était notre secret à nous.

Hippolyte Deschaumes ne répondit pas.

La jeune servante, Maria, avait épousé Étienne, surnommé Tiénou, l'employé des Deschaumes, et ne travaillait plus à la ferme.

Tiénou, peu dégourdi mais honnête et travailleur, avait bien trouvé Maria un peu rondelette pour le mariage, mais conseillé par Deschaumes, il avait été très heureux d'épouser une si jolie fille. Il semblait qu'on dût obéir au père Deschaumes.

Irène avait donc engagé une nouvelle servante de trente-six ans, Louisette, plutôt vilaine mais de bon commandement. Cette veuve avait un fils placé chez de grands maraîchers du Lot-et-Garonne, et ne s'éloignait guère de Rougerie en venant à Bienvenue.

Lazare avait douze ans, Sophie seize et Christine dix-sept.

Le printemps 68 et principalement le mois de mai apportèrent une série d'événements qui essaimèrent dans tout le pays. La télévision transmettait des scènes de violence en provenance de la capitale, mais aussi de toutes les villes importantes.

– Mais que veulent tous ces jeunes ? s'exclamait Hippolyte. Ils vont déclencher une guerre ! Où sont donc les parents ? Heureusement que nous vivons à la campagne !

– J'aimerais manifester moi aussi, dit Christine, ils ont raison, il faut se libérer de l'autorité, j'ai envie de vivre comme eux !

Le père sursauta :

– Il te manque quelque chose, n'as-tu pas ce qu'il te faut ? Ne faisons-nous pas ta mère et moi ce qu'il y a de mieux pour toi ?

– Vous faites à votre idée, pas à la nôtre ! J'ai envie de m'éclater à ma manière, de sortir... de vivre !

– T'éclater ? s'écria la mère en les prenant tous à témoin. Que vous arrive-t-il ? Nous avons été jeunes nous aussi et nous respections les parents. On dirait qu'aujourd'hui...

– Aujourd'hui, on a envie de changer ! ajouta Sophie qui n'avait rien dit jusque-là. On a envie de vivre à notre manière, c'est tout, mais ça ne veut pas dire qu'on vous manque de respect.

– Et c'est comment votre manière ? reprit Irène qui luttait pour garder son sang-froid. Tu ne trouves pas que vous êtes bien jeunes pour parler ainsi ?

– Regarde les manifestants ! Les étudiants et les ouvriers se soutiennent, regarde leur âge !

– Faites l'amour et pas la guerre ! s'écria Lazare. C'est écrit sur des banderoles !

– Tais-toi, ne parle pas comme ça, tu es bien trop jeune !

– Voilà les parents ! Mais aujourd'hui on parle différemment, maman ! On peut tout comprendre et ça vous choque ! Aujourd'hui, on fait des boums, de votre temps vous n'en faisiez pas ! On essaie de s'amuser !

La tension montait d'un cran.

– Mon Dieu, dit Mme Deschaumes, sommes-nous donc si vieux ? J'espère que tout va se calmer, que ces grèves vont se terminer. Vous ne vous rendez pas compte les enfants, mais ça peut très mal se terminer !

– Les patrons exploitent les ouvriers, scanda Christine, trop d'heures de travail, aucun droit à la parole, il faut donner de la liberté aux travailleurs, je suis de leur côté !

Hippolyte n'en croyait pas ses oreilles. La révolution, chez lui, son autorité discutée...

Pélagie riait sous cape, pas fâchée que l'on rive son clou au maître, que l'on bouscule un peu ses certitudes... « Ils ont plus de cran que moi », songea-t-elle.

Les événements se mirent à tourmenter le maître de Bienvenue. Chaque jour, la télévision livrait des images à faire trembler le patronat.

La grève générale du 13 mai réunit 800 000 manifestants selon les chiffres des syndicats ! Dans le cortège, Pierre Mendès France, François Mitterrand, Guy Mollet et Waldeck-Rochet. Incroyable !

Le 19, déclaration du général de Gaulle : « La réforme, oui, la chienlit non ! »

Fin mai, voyage éclair du général à Baden-Baden pour rencontrer le général Massu.

Enfin, le 30 juin, raz de marée gaulliste. « Ouf ! Il était temps, pensa Hippolyte, lui seul peut redresser le pays. »

Après l'éruption de ce volcan, la maison retrouva son calme mais les parents avaient encaissé le choc. Les enfants avaient osé clamer leurs idées, leur indépendance. Dorénavant, l'avenir serait différent.

Hippolyte se plaisait à imaginer l'avenir de son fils. Bien entendu, il le destinait à sa succession, mais sentait que le garçon se rangeait souvent aux avis de ses sœurs et la chose l'agaçait fortement. Non qu'elles le détournassent de la terre, mais elles ne lui obéissaient plus comme avant. Il décida de s'en préoccuper davantage.

Pour vivre à la terre, il faut l'aimer, l'aimer jusqu'à supporter ses sautes d'humeur. Hippolyte dirigeait la ferme et la scierie avec autorité certes, mais aussi avec cette joie de participer à l'ouvrage. Il se souvenait qu'à dix ans, son père lui avait confié un bout de jardin pour qu'il le cultivât à sa manière. « C'est ta parcelle, avait-il dit. Sème ce que tu veux, plante ce que tu souhaites ! » Oui, il se souvenait. Dans ce carré de terre avaient alors poussé tant et tant de légumes, des premiers petits pois aux dernières salades d'hiver accompagnées de choux qui pommaient encore sous les premières neiges. Il se rappelait la manière avec laquelle il avait observé son père pour réussir ses petites cultures. Sa fierté ! Il avait toujours eu les mains et les pieds dans la terre.

Il décida de tenter la même expérience avec son fils. Hélas ! le succès ne fut pas au rendez-vous. Malgré sa bonne volonté, il manquait à Lazare ce don, cette aisance qui font tout naturellement les bons agriculteurs. « Qu'importe ! pensa Hippolyte, j'en ferai un chef d'entreprise coûte que coûte, ma propriété aura besoin d'un patron un jour et ce sera lui ! »

Il l'inscrivit dans une école de Toulouse pour obtenir un diplôme. Lazare avait quinze ans. Hippolyte était sûr que c'était le bon moment, le bon âge pour lui inculquer les valeurs.

Mais dans cette école où il était interne, la vie de Lazare prit une tournure imprévue. Au contact d'autres élèves, il découvrit un mode de vie nouveau. Toulouse vivait au rythme de ses jeunes étudiants et, peu à peu, Lazare se laissa griser par cette séduisante ambiance.

Pendant ce temps, à Bienvenue, Hippolyte décidait de planter une noiseraie. Il y consacra un champ entier, les promesses de revenus en valaient la peine. Le champ fut labouré, fertilisé, préparé pour la plantation nouvelle. Les jeunes plants venaient du pépiniériste Jarrige, de Pompadour en Corrèze, qui avait la renommée de fournir d'excellentes variétés. Lorsque l'on sait qu'un noyer peut vivre plus de cent cinquante ans, voire deux siècles pour certains, on mesure l'importance de la rigueur du choix de départ. La variété choisie fut la Corne, dite parfois Corne du Périgord.

On livra donc les quarante arbustes à Bienvenue, et tous les hommes se mirent au travail. Les Deschaumes en oublièrent un peu l'absence de Lazare, même si au fond de lui-même Hippolyte œuvrait pour l'avenir de son fils. Lazare en serait-il fier ? Rien de moins sûr !

– Si ces arbres donnent un jour comme les deux situés près des hangars, alors nous aurons fait un joli coup, dit-il à Irène.

– Tant que tu planteras, tu seras heureux, n'est-ce pas ? lui répondit-elle.

Ainsi, chaque jour, tous deux contemplaient-ils ces alignements d'arbustes tuteurés. Un paysage nouveau pour de nouveaux espoirs ! Une bien belle façon de terminer l'année 1971.

Les mois passaient. Et alors qu'Hippolyte, malgré les résultats scolaires très moyens, s'entêtait à laisser

Lazare à Toulouse, un événement de taille vint réveiller ce pays qui somnolait un peu.

Un soir, alors qu'Ernestine préparait son repas, elle entendit un bruit de pas qui approchaient de sa maison, à la Fournial. Elle écarta les petits rideaux à carreaux bleus de la fenêtre, et faillit s'évanouir. Elle l'avait reconnu au premier regard. Elle recula, s'assura sur ses jambes qui tremblaient, et attendit. On frappa à la porte. Deux petits coups timides. Ernestine attendit avant d'ouvrir, quelques secondes pour reprendre son souffle. Puis elle tira le battant.

La silhouette se détacha dans l'encadrement de la porte. Il se découvrit.

– Bonsoir. Tu me reconnais ?

Elle le contemplait, sans voix, pleine de colère soudaine et pourtant contenue. Elle avait tant souhaité ce moment, tant prié pour qu'il advienne, tant souffert de cette absence, et maintenant qu'il était là, que son homme se tenait devant elle, avec cet air de chien battu...

Elle avança d'un pas :

– Bonsoir, Joseph. Que viens-tu faire ici ?

– Te parler un moment. S'il te plaît ?

– Je t'accorde quelques minutes, quelques minutes seulement.

– Et Angéla ? Où est ma fille ? Comment va-t-elle ? Elle n'est pas là ?

Ernestine se sentit soudain misérable. Quelque chose monta en elle si fortement qu'elle en ressentit de la gêne dans la poitrine. Il y eut un long silence.

– Pauvre Joseph, tu aurais mieux fait de ne pas revenir...

Il leva vers elle des yeux implorants. Elle vit son émotion, et la colère recula.

– Pourquoi es-tu revenu ? Tout est fini, maintenant. Tu viens trop tard, Joseph.

Elle sut lui décrire ce qu'avait été sa vie, les malheurs qu'elle avait subis depuis qu'il les avait abandonnées lâchement. Puisqu'il était venu, autant qu'il sût toute la vérité.

Il avait les yeux noyés de chagrin, ses paupières battaient, mais il ne pleurait pas, il tenait.

Lorsqu'elle se tut, il parut écouter le silence, de longues secondes, puis il se leva pesamment, et sans la regarder, se dirigea vers la porte.

– Cette fois, on ne se reverra pas. Au revoir Ernestine, je te demande pardon. Pour tout cela.

Il sortit comme il était venu, dans le crépuscule qui s'annonçait. Elle le regarda s'éloigner, surprise de ne pas avoir mal, éteinte. La silhouette disparut derrière le hangar à bois. L'histoire de Joseph et d'Ernestine se concluait ainsi.

Quelques jours plus tard, on découvrait les tombes d'Angéla et de son petit recouvertes de fleurs.

À cinquante-sept ans, Pélagie en paraissait soixante-dix. Sa vie, faite de travail au service des autres, l'avait usée prématurément comme cela arrivait si souvent à la campagne, en particulier chez les femmes et les servantes. Elle souhaitait s'arrêter et vivre en paix à Chapelou, puisqu'elle avait cette possibilité. Elle avait déjà acheté quelques meubles, et une pendule. Oui, ça tient compagnie une pendule, ça ne s'arrête jamais, c'est de la vie et en même temps une compagnie sûre et fidèle. Une pendule d'occasion, certes, mais le marchand lui en avait garanti le bon fonctionnement. On l'arrêterait donc le jour de sa mort, comme le veut la coutume.

Son secret lui pesait toujours, tel un mal perfide. Elle chercha durant des jours comment se mettre en paix avec sa conscience tout en respectant sa promesse... rude tâche. « Je vais écrire cette histoire et je la glisserai dans la pendule, près du mécanisme. Ainsi, au dernier jour, quelqu'un la trouvera... Et Dieu décidera ! »

Écrire n'était pas une mince affaire pour cette femme dont la main n'avait pas connu le moindre crayon, la moindre feuille de papier. Elle dut se procurer le nécessaire en allant à Rougerie sur ses pauvres jambes. Un porte-plume complet, un encrier et un bloc de papier à lettres avec enveloppes. « Tout ça pour une seule fois, de l'argent bien gaspillé », pensait-elle.

Elle s'appliqua à raconter son histoire, d'abord sur un brouillon. Puis elle corrigea, modifia la tournure, et recopia enfin proprement, du mieux qu'elle put. Daté, signé, le document fut glissé dans une enveloppe qu'elle cacheta. Elle ouvrit la pendule et, perchée sur un escabeau – au risque de chuter – elle coinça la lettre derrière le cadran sans pour autant gêner le mécanisme et son fonctionnement.

Satisfaite de son entreprise, apaisée, Pélagie releva enfin la tête. *Elle avait fait quelque chose.*

Dans la noiseraie, les feuillages d'un vert caractéristique se mouvaient ensemble sous un vent qui semblait les aimer. Pas un arbre malade, une vraie merveille !

Hippolyte Deschaumes siégeait désormais au sein du conseil municipal. Cela flattait son orgueil. Ce n'est que la première étape, affirmait-il. On avait besoin d'homme de sa trempe, un entrepreneur plein de projets. Avec son fils, la scierie serait transformée en usine, déjà il se documentait. Quant à la ferme, il en serait de même. Il ne parlait que de son fils. Sa fille aînée, Christine, partie faire des études à Clermont-Ferrand, avait rencontré l'homme de sa vie et vivait dans la capitale auvergnate. Sa cadette, Sophie, travaillait au centre hospitalier d'Aurillac, et rentrait tous les week-ends à Bienvenue. Si bien que les Deschaumes attendaient le retour de Lazare pour prendre un nouveau départ.

Mais il faut croire que le ciel en avait décidé autrement.

Des cambriolages eurent lieu dans les fermes de la région. Les malfaiteurs raflaient principalement les ustensiles en cuivre, les pendules, tout ce qui pouvait se négocier dans les brocantes. Chapelou reçut leur visite, et la pendule de Pélagie disparut. La pauvre femme dut avouer à Hippolyte le secret qu'elle contenait.

– Juste au moment où j'envisageais de me présenter pour devenir maire ! s'écria-t-il, catastrophé.

– Tu ne peux plus, murmura Pélagie. Un jour ou l'autre quelqu'un parlera, et te fera chanter. Mon Dieu ! quelle bêtise j'ai faite ! Jamais je n'aurais pu imaginer...

– Mais pourquoi as-tu eu besoin de raconter cette histoire ? Tout allait bien ! On n'a pas idée de faire une chose pareille.

Pélagie sentait venir les larmes.

– Je ne peux me présenter devant le bon Dieu avec ce secret, c'est au-dessus de mes forces. Face à toi, je peux tenir, mais là-haut... Pardonne-moi, Hippolyte, si j'avais pu penser une seule seconde...

Deschaumes bouillait de fureur, il ne tenait plus en place.

– Je ne vais pas pouvoir devenir maire, il faut que j'abandonne ce projet ! À cause de toi ! (Il se tourna vers Pélagie.) Te rends-tu compte que c'est à cause de toi ?

Elle baissa la tête.

– Je suis bien lasse, Hippolyte. Comme tu n'as plus les enfants à la maison, je ne viendrai que quelques heures par jour. Avec la Louisette, ça devrait vous suffire.

– Tu peux arrêter tout de suite ! cracha-t-il. C'est une bonne occasion !

Pélagie le regarda dans les yeux :

– C'est bien, Hippolyte, j'arrête aujourd'hui. Tu expliqueras à ta femme que je suis très fatiguée, je suis sûre que tu sauras t'en sortir, comme toujours. Je voudrais aussi un certificat médical, j'ai bien droit à quelques jours de maladie, pour la première fois de ma vie. Le docteur Cros ne me refusera pas.

Ainsi Pélagie se retira-t-elle dans sa petite maison, aidée par les circonstances. Mais son secret lui tourmentait à nouveau l'esprit. Nuit et jour, elle réfléchissait, afin de trouver un moyen d'arriver toute propre devant l'Éternel. Elle osa même cette pensée : « Toi aussi, Hippolyte, tu livreras ton secret avant de mourir. Tu ne partiras pas avec. Tu paieras le prix de ton orgueil... »

Lazare venait presque tous les quinze jours à Bienvenue. Chaque fois, il rendait visite à Pélagie qui l'avait élevé.

– J'aime ta maison, Pélagie, je me sens si bien ici, au milieu de ce jardin et toutes ces fleurs que tu as semées. Tu ne t'ennuies pas trop ?

– Je ne pouvais plus travailler, as-tu vu comment je me déplace ? Ça m'est de plus en plus pénible, alors je profite du peu de temps qui me reste. Parfois c'est long, ne plus travailler m'ennuie aussi... Dame ! s'exclama-t-elle en riant, je n'ai jamais connu cette situation ! Et toi, mon petit, t'as pas une petite copine à Toulouse ? C'est bien de ton âge.

– Oh ! les filles, toutes les mêmes ! Je n'ai pas une petite amie, mais plusieurs.

Pélagie hocha la tête.

– Tu t'assagiras, je ne m'inquiète pas. Sais-tu que la petite Évelyne Pradine fait des études de cuisine ?

Eh, oui ! de cuisine, et elle me parle toujours de toi. Elle est amoureuse, je le sais bien. Toi aussi, tu le sais.

– Elle m'ennuie depuis qu'on se connaît, c'est-à-dire depuis toujours !

Pélagie n'insista pas. La vie lui avait appris à attendre les saisons. Celle des fruits viendrait à son heure.

Si Pélagie tentait d'amadouer sa conscience, rencontrer Ernestine, en revanche, provoquait chez elle une émotion chaque jour plus pénible. Elle n'arrêtait pas de répéter : « Ma pauvre Ernestine », d'autant que celle-ci lui avait raconté la venue du Joseph Ramioni. Lazare se glissait au cœur de leur conversation sans qu'Ernestine semblât s'y intéresser. Pélagie insistait :

– Il ne reprendra pas la ferme de ses parents celui-là, la terre ne l'attire pas.

– Ils pourront bien faire ce qu'ils voudront, les Deschaumes. L'Hippolyte prend tout le monde de haut. Avec ses sous, il s'en sortira toujours. Lazare n'a pas à se soucier du lendemain, croyez-moi.

– Il n'a pas l'air de s'ennuyer avec les filles, tout comme son père du temps de sa jeunesse, il va nous ramener une Toulousaine par surprise.

– Lazare ne regarde plus les gens d'ici, on n'est peut-être plus assez bien pour lui. Ça arrive souvent quand les jeunes vont dans les grandes villes.

Pélagie ne répondit pas. Lazare lui avait confié que Bienvenue ne le passionnait guère. Sans être devin, on pouvait apercevoir les obstacles qui ne manqueraient pas de faire trébucher Deschaumes.

4

1974. Ces deux mois d'été, juillet et août, Lazare les passait à Bienvenue. Il venait d'avoir dix-huit ans, et quitter Toulouse lui avait laissé du regret, malgré l'environnement familial. Son père en profitait pour lui exposer ses projets d'agrandissement de la scierie et de modernisation de la ferme. Hippolyte voulait tant susciter l'enthousiasme de son fils... mais Lazare n'adhérait pas, il le sentait poli mais réticent, lointain.

Alors Hippolyte l'entraîna du côté de la politique.

– Une année forte en événements, n'est-ce pas ? La mort du président Pompidou, un Giscard d'Estaing face à François Mitterrand, élu avec 50,8 % des suffrages exprimés, on a failli passer à gauche, te rends-tu compte ?

– Je ne m'intéresse pas à la politique, papa, tu le sais bien. Gauche ou droite, qu'importe pour moi. Je connais tes idées, c'est bien. Mais moi, ce monde-là me laisse froid... Ne m'en veux pas !

Comment faire comprendre à son père qu'il n'avait ni l'envergure ni le goût pour de tels desseins, et que ça ne l'empêchait pas de vivre ?

Hippolyte ravala sa déception. Il parviendrait à le convaincre, c'était son fils, son successeur. Peu de points communs entre eux, mais il ne désespérait pas !

Le soir même, il s'en ouvrait à sa femme :

– Avec la propriété que nous lui laisserons, il s'en sortira et de manière confortable ! Je lui confierai rapidement les rênes et nous serons heureux de le voir s'épanouir sur ces terres, ces terres qui nous viennent de nos familles, c'est toute notre fortune ! S'en rend-il seulement compte ?

Irène brodait, à petits points délicats. Elle leva les yeux vers son mari.

– Il n'a que dix-huit ans ! Tu sembles bien pressé de te faire remplacer. Notre fils n'est pas un paysan dans l'âme, et surtout pas un éleveur, je le sais. Peut-être devons-nous être patients ? Quand il parle des bêtes, il n'y a pas ce lien qui lie l'homme à la ferme, j'en suis la première désolée.

– Tu exagères !

– Tu n'en feras qu'à ta tête. C'est une obsession chez toi, surtout depuis que tu ne veux plus être maire, ce que je ne comprends pas, d'ailleurs... Mais tu ne vois rien d'autre. Je suis fatiguée et tu ne le vois pas. Je traîne ainsi depuis des mois, le docteur ne comprend pas ce qui se passe, mais toi, tu ne t'aperçois de rien.

Hippolyte se pencha vivement vers elle et la serra dans ses bras. Un voile de tristesse, de lassitude, défaisait le beau visage d'Irène. Hippolyte s'en inquiéta subitement.

Le docteur Cros vint une nouvelle fois, et prescrivit des examens approfondis. Irène décida qu'ils attendraient début septembre, on n'était pas à quelques jours près.

La fête annuelle du village aurait lieu dans une semaine, le dernier dimanche d'août, mais déjà tout s'organisait sur la place. On installait le parquet-salon, les manèges. Les rues s'ornaient de guirlandes, une sono et des haut-parleurs apparaissaient, tels de gros oiseaux noirs accrochés aux poteaux électriques. En s'amusant, les jeunes gens disponibles donnaient un coup de main et Lazare ne se déroba pas. Garçons et filles animaient le travail de leur bonne humeur, réunis pour cause de plaisir.

Une certaine effervescence moussait dans les ruelles et de jeunes enfants, ceux qui possédaient une bicyclette, avaient « branché leurs moteurs » (une carte postale fixée sur le cadre par des pinces à linge, et le bruit du frottement contre les rayons faisait illusion !).

Les villageois invitaient parfois leur famille et, une fois l'an, vivaient ensemble une excellente et inoubliable journée.

À Bienvenue, les trois enfants étaient présents, comme chaque année, avec en plus l'ami de Christine. Les filles, dès leur arrivée, avaient rendu visite à Pélagie, ravie.

Le samedi soir, veille de la fête, réunissait jeunes et moins jeunes au bal gratuit, selon la coutume. Mais les Deschaumes ne sortirent pas. Irène, trop fatiguée, avait dû renoncer. « Place aux jeunes ! » avaient-ils dit pour s'excuser. Lazare fut entraîné par ses sœurs qui lui répétaient en riant : « Ça te changera de tes Toulousaines ! »

La musique explosait dans la campagne, bien au-delà de la place où les couples se trémoussaient.

Évelyne Pradine vint inviter Lazare pour une danse, il ne put refuser. Elle le voulait tant, son Lazare Deschaumes, et ce, depuis toujours.

Lui n'avait pour sa partenaire aucun sentiment amoureux. Une amitié certaine, mais rien de plus. Évelyne n'était pas dupe. Elle sourit devant les manières distantes du garçon.

– Je crois que je ne te plais pas. Quelque chose te gêne en moi ? Tu préfères les filles de Toulouse ?

Lazare haussa les épaules.

– Nous sommes des camarades d'enfance, Évelyne. Je voudrais que tu restes mon amie. Tout simplement.

Elle avait compris. Le dernier slow s'acheva sans un mot, et elle s'enfuit, les larmes aux yeux et le cœur chaviré.

Lazare se dirigea vers le bar et but quelques verres avec ses copains du village. Ils bavardèrent assez longtemps et le Toulousain ne rejoignit pas la piste de danse.

– Hé ! voilà la danse du tapis, allez, viens, tu choisiras une fille ou la fille te choisira... Allez, te fais pas remarquer.

Lazare refusa tout net.

– Il y a pourtant de jolies filles, ici, peut-être pas aussi chouettes que celles de Toulouse, mais nous, on n'a pas le choix ! Tu aurais dû en inviter quelques-unes.

Plus tard cependant, entraîné de force dans une de ces danses solitaires où chacun se trémousse, il fut enfin applaudi. Tous n'étaient pas à jeun... il fit comme les autres.

Le lendemain, tous les Deschaumes se rendirent à la messe. La fanfare défilait dans la rue principale, les cuivres brillaient sous le soleil, les tambours rythmaient et roulaient. Une foule d'enfants la suivait marquant le pas jusqu'à l'église dans laquelle elle entrait. On aurait pu croire que la nef recevait un roi tant les habits blancs et rouges en imposaient.

Pendant la messe, au moment précis où les musiciens entamèrent le morceau choisi, un frémissement d'émotion courut parmi la foule. Dans ces lieux de recueillement, l'éclat de la musique profane prenait au ventre, ajoutait du sublime à cet instant où tous, voûtes et hommes, se mirent à vibrer ensemble, d'une seule et même force.

À la sortie de la messe, les gens se saluaient, se rejoignaient dans les cafés bondés.

Hippolyte discutait avec des paysans, et Irène papotait avec Mme Pradine. Les filles Deschaumes avaient rejoint un groupe d'amis pour une partie de baby-foot. Seul Lazare demeura près de sa mère. Il avait besoin de lui parler. Elle s'appuya à son bras, et dans le bel après-midi de ce dimanche, loin de l'animation bruyante du village, ils s'installèrent tous deux sous le vieux tilleul, sur des chaises de bois.

– Ça fait si longtemps que nous n'avons pas été seuls, dit-elle. Tu ne vas pas t'ennuyer avec moi ? Tes amis vont se demander pourquoi tu ne les rejoins pas ?

– Ne t'inquiète pas, maman.

Elle souriait, et attendait. Une brise tiède éparpillait des fragrances subtiles, de paille chaude et de terre arrosée...

– Maman, dit soudain Lazare, je voudrais te parler.

– Je peux tout entendre de mon fils. Tu n'as pas fait de bêtise au moins ?

Il rit, et Irène l'imita.

– Non, maman. Mais jure-moi de n'en parler à personne, et surtout pas à mon père.

L'inquiétude se fraya un chemin en elle. Lazare regardait ailleurs, hésitait... C'était donc si difficile à dire...

– Hier soir, j'ai choqué Évelyne, je le sais. Je crois qu'elle est amoureuse de moi, mais ce n'est pas réciproque.

– Tout le monde le sait ici, ce n'est pas bien grave. Depuis que le monde est monde, les histoires d'amour peuplent la terre. Évelyne ne te plaît pas ? Vous vous connaissez bien tous les deux... Trop ?

Irène s'interrompit. Son visage devint grave un instant. Elle posa ses mains l'une sur l'autre, en un geste qui trahissait son impatience.

– Que veux-tu me dire ? Tu as une amie à Toulouse ? C'est ça ?

– Bien sûr que j'ai des copines, et même trop amoureuses !

– Tu n'exagères pas un peu ? dit-elle avec une moue complice.

Il entra dans le jeu.

– Que veux-tu, tu m'as fait trop beau garçon, elles sont toutes folles de moi !

Puis, grave soudain :

– Maman, j'ai un problème. Papa compte beaucoup trop sur moi pour travailler ici. C'est bien naturel, mais de mon côté, je ne vois pas l'avenir ainsi. Je fais ce qu'il faut à Toulouse, mais après ? Que va-t-il se passer ?

– Tu es jeune, laisse donc faire le temps. Sois sans crainte, tout ça restera entre nous. Ton père n'est pas prêt à l'admettre. Il lui faudra du temps, tu comprends ? C'est tout ce que tu avais à me dire ? Tu m'as donné des inquiétudes...

– C'est important pour moi. Je voulais t'en parler. Il ne faut pas compter sur moi pour la ferme. J'ai l'impression d'être piégé.

– Avec du temps..., répéta-t-elle en posant sur lui son regard tendre.

En l'apaisant, elle tentait de s'apaiser elle-même. Dans le village, de nombreux parents traversaient ce genre de situation, et parfois des drames éclataient. Irène ne connaissait que trop bien l'entêtement de son époux. Le temps, oui, mais jusqu'à quand ?

Lazare embrassa sa mère et, pour se dégourdir les jambes et l'esprit, prit le chemin qui longe la scierie. Il traversa les prés, les champs, jusqu'à la noiseraie. Les noyers avaient prospéré, grandi. Certains portaient déjà quelques coques vertes, le brou qui colore les mains des cueilleurs. Plus loin, il reconnaissait les sentiers, quelques clôtures avaient été modifiées, mais parfois la terre, le paysage présentaient des images, des reliefs qui lui étaient étrangers... « J'ai la mémoire qui flanche, pensa-t-il, j'ai donc oublié ces lieux si chers à mon enfance, là où mes sœurs et moi... et Évelyne... C'est vrai qu'on s'aimait bien tous les deux. » Soudain l'histoire de la Rolande lui revint en mémoire. Il sourit et laissa ses souvenirs guider sa flânerie, le long des drailles des taillis.

Ce soir-là, après le feu d'artifice, Irène eut bien du mal à s'endormir. Le chagrin troublait son âme. « Lazare ! Mon petit Lazare ! », que de soucis en perspective, et pourtant l'amour consistait à l'accepter tel que la nature l'avait fait. Une rude tâche attendait Hippolyte.

Au petit déjeuner, lorsque Lazare rencontra les yeux de sa mère, il y trouva une paix inespérée. En la voyant ce matin, dans cette aube qui lui parut soudain différente des autres, il sut qu'elle l'acceptait tel qu'il était. Il en fut transporté de joie.

Au repas de midi, au cœur de la famille réunie, il se leva et prit la parole au milieu des rires.

– Écoutez-moi tous ! J'ai une surprise à vous annoncer. À Toulouse, je ne fais pas qu'étudier !

Irène ouvrait de grands yeux vers lui, craignant des confidences-catastrophes.

– Avec des copains, nous avons monté un orchestre !

Les filles s'exclamèrent, ravies, la mère rit de bon cœur, infiniment soulagée.

Et tous parlèrent musique. Le projet de ce groupe était de se faire connaître et d'enregistrer un disque.

– Tu poursuis tout de même tes études sérieusement ? demanda Hippolyte. Un peu de divertissement, je ne dis pas non, mais il ne faudrait pas oublier l'essentiel !

– Laisse-le s'amuser un peu, le soutint Irène, c'est de son âge, tu vois bien que c'est un garçon sérieux.

– Il ne manquait plus que ça, un musicien ! mais après tout, reprit le père, tu as plus d'une corde à ton arc, c'est très bien mon fils, très bien !

Irène et Lazare se regardèrent une fraction de seconde...

Le lundi après-midi, la fête continuait à Rougerie avec un critérium cycliste et un concours de boules. Lazare s'y rendit. Il aimait son village, son ancienne école, la place de l'église avec ses bancs, ses vieux arbres. Bras dessus, bras dessous avec sa sœur Sophie, tous deux traversaient la place lorsqu'ils aperçurent des silhouettes amies.

Assises et bavardant, Ernestine et Pélagie occupaient un banc sous les tilleuls. Les deux femmes leur firent une place, mais Sophie reconnut une amie et s'excusa.

– Tout va bien Lazare ? Quel beau jeune homme tu fais, dit Ernestine. Vous vous en êtes si bien occupée, Pélagie. Tu as eu de la chance Lazare, oui, tu as eu beaucoup de chance. J'imagine que mon petit Ange serait comme toi aujourd'hui. Quand je te regarde, je ne peux m'empêcher d'être un peu jalouse...

C'était une boutade, mais Pélagie baissa le nez, impliquée dans une détresse qu'elle ne pouvait ignorer, même après dix-huit années.

– Tu t'es bien amusé hier soir ? Il paraît qu'il y avait beaucoup de monde au bal, comme toujours d'ailleurs.

Lazare acquiesçait d'un mouvement de tête, attendri. Puis il les regarda s'éloigner lentement, l'une boitant, l'autre s'accordant à la lenteur du pas. Il songea qu'un jour ces visages, ces paysages s'effaceraient de sa mémoire, que son enfance reculerait à mesure que les années feraient somme, et il dut se secouer pour échapper au chagrin qui lui mordait la gorge… Il ne devait penser qu'à Toulouse, les vacances se terminaient, il regagnerait bientôt ses chères pénates dans la ville rose.

Durant son séjour, il avait tenté de se rendre utile dans les travaux d'été, fenaisons et moissons. Mais les employés chuchotaient que le fils du patron n'était pas un homme de la terre, tant s'en fallait. Sa chambre résonnait de musique moderne jusque tard dans la nuit. « Il préfère ça au travail, c'est sûr ! »

De son côté, Hippolyte l'avait amené arpenter ses prés, visiter ses champs, observer son troupeau. Le domaine se terminait sur les bords du ruisseau qui bien plus loin rejoignait la rivière.

Leur conversation, pour simple qu'elle fût, n'avait pour but éternel que de tenter d'attirer Lazare vers cette propriété. Bon prince, il essayait de retenir toutes les explications avancées par son père.

– Cette petite vallée, nos ancêtres l'ont foulée il y a des siècles. C'est un livre ouvert où s'est écrit notre passé, il est important que tu le saches. On raconte que l'ancêtre était un pauvre bougre, accroché à son lopin de terre. Son fils a tenu à l'agrandir, et toute la lignée jusqu'à ce jour en a fait autant. Bientôt ce sera ton tour.

Lazare écoutait, ne contrariait jamais. Plus le temps passait, plus il savait que la tâche qui l'attendait pour lui apprendre la vérité serait terrible. Rien de pastoral dans ses gènes. Pourquoi son père était-il aveugle à ce point ?

–Je te donne du temps, mon fils, jusqu'à ton retour du service militaire. Ces terres t'attendent.

À Toulouse, Lazare avait rejoint une nouvelle école, de formation en gestion d'entreprise agricole. Logé dans un studio, il s'obstinait toujours à travailler sa musique avec son groupe. L'ensemble se produisait dans certaines « boîtes » branchées, et très vite quelques succès eurent un effet néfaste sur ses études. Mais à Bienvenue on ignorait ces choses-là.

Un jour, alors que rien ne l'avait annoncé, Lazare laissa tomber les études et se retrouva serveur dans un bar, ce dont il eut la présence d'esprit de ne pas se vanter ! La convocation de l'armée tomba au moment propice, et il apprit, ravi, qu'il serait caserné à Toulouse.

À Bienvenue, en revanche, la santé d'Irène s'altérait. Lazare trouva sa mère alitée et son père, avec difficulté, finit par lui avouer l'avancée d'une terrible maladie. Le diagnostic du médecin ne laissait aucun doute, aucun espoir.

Lazare regardait sa mère avec une tendresse poignante, ce visage qu'il aimait tant, dont son enfance avait guetté les sourires et les ombres... Il refusait d'y croire, appelait au combat cette femme qui refusait l'hôpital, envers et contre tous.

Lazare ne quitta plus son chevet.

Un matin, après une nuit douloureuse, elle retint sa main dans la sienne.

– Mon petit, il faut parler à ton père. C'est difficile, je le sais, mais fais-moi cette promesse. Vous vous trompez l'un l'autre et vous en souffrirez tous les deux. Promets-moi de lui parler avec ton cœur, comme tu l'as fait pour moi...

Lazare déposa un baiser sur les doigts pâles.

– Je te le promets, maman. Très bientôt. Je rentre à l'armée dans quelques jours, et je lui écrirai, ce sera plus facile pour moi.

Pour la première fois, il repartit pour Toulouse sans joie, après s'être chamaillé avec ses sœurs qui lui reprochaient de ne plus venir à Bienvenue.

De toutes ses forces, alors que le train l'emportait, il repoussait la petite voix insidieuse, insistante, qui murmurait en lui : « Tu ne la reverras plus, cette image que tu as d'elle sera la dernière... la dernière », et il essuyait rageusement ses larmes.

Lazare portait l'uniforme depuis un mois lorsqu'il se décida à écrire à son père.

Les mots se bloquaient l'un après l'autre dans sa tête, dans son cœur. Ce n'était pas la vérité qui le gênait mais le fait de blesser son père. Non, il n'envisageait décidément pas son avenir dans l'entreprise familiale. Et Hippolyte Deschaumes en serait anéanti.

Il froissa tant et tant de brouillons avant de parvenir à un résultat acceptable qu'il faillit renoncer. « J'aurais pu le lui annoncer de vive voix, mais le courrier donne du temps pour la réflexion, et je connais mon père ! »

Quand la lettre fut prête, il la posta avec un sentiment étrange, d'inquiétudes mélangées. Il pensait sans cesse à sa mère...

Les jours se firent longs dans l'attente d'une réponse. Bientôt des semaines, et aucune nouvelle de Bienvenue. Il se promit de ne pas rentrer chez lui tant qu'il n'aurait rien reçu de son père.

Un courrier lui parvint enfin, mais de ceux que l'on redoute, un télégramme : Irène Deschaumes avait cessé de vivre et ses obsèques auraient lieu dans trois jours. Aucune information supplémentaire.

Il voulut téléphoner à ses sœurs, mais y renonça. Il fallait maintenant passer au face à face. Et se soutenir.

5

La chaleur de ce mois de juin 1976 fut exceptionnelle. Et glacial l'accueil que Deschaumes réserva à son fils.

Ses sœurs l'entourèrent, Sophie, sa préférée, le prit à l'écart.

– Papa nous a lu ta lettre. Pour nous, tu seras toujours notre petit frère, lui dit-elle en lui prenant le bras. Mais pour la ferme et sa suite, c'est le grand chambardement. Le père ne décolère plus, et avec la mort de maman... Mets-toi à sa place... Et puis, il a toujours été ainsi, maman en a souffert, tu sais, toi seul a représenté l'avenir de son domaine, jamais nous, les filles ! Maman nous a fait promettre de bien nous entendre tous les trois. « Il aura besoin de lui », disait-elle en parlant de toi.

– Elle savait que je ne prendrais pas la succession, elle le savait ! J'essaie de comprendre le père ! Mais s'il ne me parle pas, je vais retourner à Toulouse et j'ignore si je reviendrai ici. J'aime ce pays, c'est mon pays, mais pas le métier de paysan, faut pas m'en vouloir !

Sophie déposa un baiser sur sa joue, les mots lui manquaient.

– J'ai vu Évelyne, dit-elle, elle voudrait te parler avant que tu ne repartes. C'est une fille incroyable, elle est devenue chef de cuisine à Paris ! un rang plutôt réservé aux hommes, elle a un sacré cran ! Je crois qu'elle a compris, elle veut seulement rester ton amie.

Il acquiesça d'un sourire douloureux.

La grande foule des habitants de Rougerie et des environs se serrait dans et autour de l'église lorsque le glas retentit. Dans les villages, on tient à accompagner les morts pour leur dernier voyage.

L'homélie du curé Laudrasque rappela une fois de plus que l'homme n'est que de passage sur terre...

Lazare et Hippolyte se tenaient l'un près de l'autre, les deux filles se donnaient la main, nouées par le même chagrin. Pélagie et Ernestine, toutes deux habillées de sombre depuis longtemps, ne retenaient pas leurs larmes.

Lorsque le corbillard se dirigea vers le cimetière, les Deschaumes père et fils suivirent, toujours côte à côte, Sophie au bras de Lazare, Christine au bras de son père.

Un soleil sans pudeur déversait pêle-mêle sur le chemin éblouissements et brûlures, parfums de feuilles chaudes et de foin coupé, des oiseaux piaillaient, des nuages de moustiques s'ouvraient au passage du cortège, et l'on en oubliait sur le chemin quelques bouses du jour que les premiers évitaient, que les derniers ne voyaient plus.

La terre ouverte attendait son hôte, cette enfant du village, voyageuse d'un si bel été.

Le lendemain, sans que les deux hommes se fussent adressé la parole, Lazare rejoignit la gare une bonne heure avant le départ du train. Sophie avait arrangé ce court rendez-vous pour Évelyne.

Un petit sourire de part et d'autre et ils prirent place à la terrasse d'un café.

– Je voulais te parler, Lazare, parce que je crains de ne pas te revoir de sitôt. Merci d'être venu. J'ai... beaucoup de peine pour ta mère.

– Tu me colles depuis que nous sommes gamins ! murmura-t-il avec tendresse.

– C'est vrai, mais n'aie crainte, je sais qu'il n'y aura jamais d'histoire d'amour entre nous, j'ai mis du temps à comprendre parce que... moi, je t'aimerai toujours, mais ça me regarde.

Il lui prit la main.

– Je t'aime comme une petite sœur, comme quand on se cachait ensemble dans le foin, dans les granges. Tu te souviens ?

Elle se tut. Puis :

– Que vas-tu faire plus tard ?

– De la musique peut-être, je ne sais pas trop. Ce dont je suis sûr, c'est que je ne marcherai pas au cul des vaches. J'aime ma terre natale, mais...

Elle eut une grimace comique.

– Je sais de quoi tu parles ! Ça ne me séduit pas non plus !

Ils évoquèrent leur enfance, puis leur vie. Évelyne avait travaillé pendant huit années en grimpant tous les échelons : commis de cuisine, cuisinier, chef de partie, second de cuisine et enfin chef de cuisine, dans ce célèbre restaurant parisien.

– Tu n'as pas de petit copain ?

Elle leva les yeux au ciel.

– Le seul homme que j'aime ne me regarde pas.

Puis, dans un éclat de rire :

– Je finirai peut-être vieille fille ! À moins que... Tu te rappelles la vieille Rolande ?

Il rit à son tour, et ce rire la toucha. Dieu que cet idiot était beau...

– Bon, dit-elle en se levant. Prends bien soin de toi, et s'il t'arrivait quelque chose, n'oublie pas que je suis là !

– Ça m'a fait du bien de bavarder avec toi. Le père m'a fait la gueule, il ne m'a même pas adressé la parole... À l'enterrement de ma mère !

Ils marchèrent en silence vers le quai, le train s'annonçait.

Évelyne le regarda monter, s'installer. Elle avait réussi à ne pas pleurer.

Ils se séparèrent comme des amis de toujours, sur un signe de la main.

Le paysage qui défilait, Lazare ne le voyait pas. Ses pensées ne s'accrochaient à rien, lissées par la fatigue et le chagrin. Au bout du voyage, il y avait la caserne. Cette difficile solitude de ceux qui ne peuvent s'isoler.

L'été 1976 avait accablé le pays d'une sécheresse exceptionnelle. Depuis l'automne précédent, les pluies avaient cessé, et la canicule de juin et juillet confirmait les prévisions les plus pessimistes. De mémoire de paysans on n'avait jamais subi pareille sécheresse. Tout s'était détraqué en 1956, l'année où la France avait failli mourir de froid, l'année de la naissance de Lazare.

Hippolyte, comme tout agriculteur, se référait aux informations météo que donnaient presse et journaux télévisés. Déficit pluviométrique d'octobre 1975 à juin 1976 supérieur à 60 % dans certaines régions de l'Ouest. Sur le sol français, cent mille hectares de forêt avaient brûlé. « Le chagrin ne suffit pas, il faut aussi ces désastres ! », rageait-il. Les agriculteurs annonçaient des pertes de 50 à 60 % de leur production, « catastrophe jamais enregistrée à ce jour », déclarait Michel Debatisse, président de la Fédération nationale des syndicats d'exploitations agricoles, la FNSEA.

Des bruits courent déjà quant à l'instauration d'un impôt-sécheresse, et des demandes d'aide exceptionnelle aux agriculteurs sont déposées auprès des ministères. Le gouvernement ne semble pas s'y opposer.

À Bienvenue, toutes les récoltes subissent la même calamité. Les céréales sont maigres, les pommes de terre donneront à peine, les foins ne montent pas. L'eau pour les bêtes devient rare, et la production de lait s'amenuise. On dirait pourtant que les noyers...

Hippolyte Deschaumes, en cette fin juillet, sous un soleil ardent, sillonnait sa propriété tout en observant les environs, pour s'assurer, maigre consolation, que ses terres sont aussi mal en point que celles de ses voisins. Dans sa musette, tressautait une chopine de vin fraîchement tiré de la cave. « Ça ne me tuera pas, songeait-il, j'en ai vu d'autres. » Son regard, toujours hautain, se portait çà et là sur les terres craquelées. La chaleur des chemins poudreux brûlait ses semelles. Il décida de rejoindre les taillis où même les herbes folles craquaient sous ses pas. « Il n'a jamais fait si chaud. » Quelques jeunes chênes et bouleaux mouraient sous ce soleil de plomb. Les feuilles des merisiers n'étaient plus que des papillotes de kraft immobiles, pétrifiées par ce feu du ciel. Même les bouquets de fougères, pourtant si coriaces, avaient roussi. Çà et là il entendait craquer les brindilles ou éclater quelques graines frôlées par une aile d'insecte.

Buvant une gorgée de vin – qui commençait à chauffer à travers la toile de la musette – il ne pouvait s'empêcher de jurer, de s'en prendre au sort, à la vie... Torturé à la fois par son chagrin de veuf, par l'attitude de son fils et la chaleur torride qui plombait le pays, Deschaumes avait parfois envie de pleurer, de s'abandonner aux larmes... Mais au dernier moment, il se dominait. Un Deschaumes n'abdique pas !

Le ruisseau l'accueillit, avec son lit presque à sec, quelques creux retenant à peine une eau boueuse. « Nom de Dieu ! » finit-il par hurler, le front ruisselant de sueur.

La nature tremblait dans cette chaleur blanche, tenace. « Pourvu que tout ça ne prenne pas feu dans ces travers abrutis de soleil ! » Il se parlait à haute voix, pour s'entendre vivre. D'ailleurs, depuis un moment, il entendait gronder en lui d'étonnants ressentiments, d'étranges colères. Ceux de l'orgueil, comme un abcès qui n'arriverait pas à crever. Lazare ! C'était lui le fautif, le coupable ! Pire que cette sécheresse du siècle, c'était une bataille qu'il se livrait à lui-même. Admettre que ce fils tant désiré puisse décliner sa succession... Comment le pourrait-il ? Quel autre fils de paysan aurait refusé un tel cadeau du ciel ?

Irène l'avait admis, elle. Ils en avaient discuté à la réception du courrier. Jusqu'à son dernier jour, elle avait voulu qu'il comprenne, qu'il parvienne à aimer cet enfant pour lui-même !

Il martelait le sol plus qu'il ne marchait au bord de ce ruisseau disparu. Quelques herbes rares, quelques ronces se nourrissaient encore des dernières traces de sa mauvaise eau tiède. Il suffoquait, même ici. Le reste du contenu de la chopine disparut sans même rafraîchir son gosier. Quelle bataille ! Il avait l'impression que son corps distillait l'enfer, goutte à goutte, et sa transpiration l'agaçait encore davantage. Là, une puanteur de serpent crevé se glissait entre les vieilles souches. Plus loin, toujours cette émanation de sec, de brûlant, qui avait du mal à ventiler les poumons.

« Ma chère Irène, je ne me rendais pas compte du bonheur lorsque tu étais là. Aujourd'hui je rame dans mes soucis et nous allons tous crever de chaleur ! Pourquoi a-t-il fallu que tu partes avant moi ? »

Même au crépuscule, la température persistait. Pas le moindre souffle bienfaisant. Vers les deux ou trois heures du matin seulement, la terre bénéficiait d'un début de fraîcheur que les heures matinales dévoraient avec une sorte de rage.

Vers le 25 juillet, quelques orages éclatèrent enfin sur le pays. Malgré leur violence redoutée, chaque paysan les souhaitait. Terre, hommes et bêtes déshydratés espéraient cette pluie vivifiante, miraculeuse. Jamais l'eau n'avait paru si nécessaire, si essentielle.

L'orage s'annonça à Rougerie par une bousculade de cumulus énormes. Éclairs et tonnerre d'une violence inouïe déchirèrent la lourdeur du silence. Des gouttes géantes frappèrent la poussière en créant de petits nuages au ras du sol, près de la grange. Les premières semblaient tièdes, puis, rapidement, poussées par un vent fou venu de toutes les directions, elles chutèrent drues et froides, cinglant de biais les murs de l'ouest.

Les hommes s'étaient réfugiés dans les hangars de la scierie. Des trombes d'eau s'abattaient cette fois sur Bienvenue. « Ma pauvre Irène, si tu voyais ce qui tombe, tu n'en croirais pas tes yeux ! » La pluie redoublait, le paysage avait disparu. C'est le moment que choisit Hippolyte pour attraper sa veste de chasse et partir tout droit vers ses champs.

– Revenez ! Revenez ! lui hurlait-on depuis les hangars.

Peine perdue. L'orage se déchaînait. L'eau envahissait chaque ornière, la comblait, débordait et s'enfuyait plus loin comme une rivière en crue. Trop violente, elle ne s'infiltrait pas dans la terre durcie, ne l'abreuvait pas. Le vent tourbillonnait, les chemins et les sentiers profonds devenaient fleuves, charriant des herbes, des feuilles et des branches. Alors la chaleur qui montait de la terre, enfin, perdit quelques degrés.

Hippolyte, planté au bord d'un champ comme un arbre solitaire regardait, effrayé, l'eau qui ravinait un sentier et curait le fond jusqu'à l'os. Trempé, l'œil fixe sur ses terres, il aurait voulu hurler avec les éléments, confondre ses tourments et la tourmente, y ajouter sa force et sa douleur. Il sut qu'il hurlait sur le vacarme quand le vent rabattit sur lui sa voix, et il reconnut ses mots, ceux qu'il ne voulait pas prononcer et que son orage intérieur venait de lui arracher !

– Lazare ! C'est notre vie ici ! Lazare ! Cette terre est à nous ! Elle est dure et elle est bonne ! Tu m'entends, fils ? Je la supporterai, je l'endurerai jusqu'au bout ! Et toi aussi ! Toi aussi, je vais t'endurer comme tu es... ! Lazare !

Il n'eut pas honte de ses larmes parce qu'il ne sut pas qu'il pleurait.

L'orage dura près d'une heure, puis perdit de sa folie, et quitta la contrée. Une clarté nouvelle émergea des replis des derniers nuages. Au sol, il laissait les traces de sa rage : arbres arrachés, tuiles envolées, chemins défoncés, mais aucune mort d'homme dans le village.

À partir de ce jour, la canicule disparut et le ciel retrouva ses habitudes.

Lazare ne recevait aucune nouvelle de son père. Ses sœurs demeuraient son seul lien familial.

Lorsqu'il acheva son service militaire, il n'y eut ni retour ni visite au bercail. Il reprit son poste de serveur et retrouva ses amis, son orchestre. Mais sa vie devint difficile. L'argent manquait pour réaliser son disque. Son amie n'avait aucune fortune et ne lui était d'aucun secours. Quelques mois plus tard, ils se séparaient. Sans argent, aucun projet ne tenait la route. Sa santé en reçut le contrecoup. Il fut saisi d'un malaise et dut être transporté dans un hôpital.

Prévenu par Sophie, Hippolyte Deschaumes se rua vers Toulouse, avec l'impression que le ciel s'abattait sur lui.

À son réveil, Lazare vit son père auprès de lui.

Au début, les mots ne venaient pas, mais quand Hippolyte lui prit la main, le cœur de Lazare trouva là le réconfort qu'il avait attendu. Tout doucement, les mots, les phrases revinrent entre eux. Après deux jours de présence à Toulouse, Hippolyte avait changé d'attitude envers son fils.

– Je me suis entêté comme une mule qui ne veut rien comprendre, fiston. Je me rends compte que mon attitude a pu te sembler incompréhensible. Ta mère m'a toujours reproché mon sale caractère.

Lazare ferma les yeux. Pour la première fois de sa vie son père culpabilisait ! Était-ce possible ? Face à son fils ?

– Je regrette, mon petit, pardonne-moi et n'en parlons plus.

Lazare acquiesça d'un signe de tête, une joie viscérale redonnait vie à son corps.

Après un long silence, le père lui proposa de financer la réalisation de son projet musical, bien qu'il représentât un investissement important.

– J'ai admis que tu ne prendrais pas ma succession, on ne peut aller contre. Si ça ne doit pas se faire, eh bien ça ne se fera pas ! Maintenant il faut que tu guérisses et que tu repartes d'un bon pied. Tu es mon seul garçon, tu ne vas pas m'abandonner !

Lazare n'avait rien à répondre. Il sourit à son père qui emprisonna sa main dans la sienne. Et ce fut tout.

Hippolyte Deschaumes avait fait un grand pas vers Lazare, mais surtout vers lui-même. Il apprenait à aimer son fils tel qu'il était, et non comme il le voulait. Il finança donc la réalisation du disque. Quant au succès attendu, il ne vint pas. À dire vrai, ce fut un désastre. Aucune promesse des médias et des gens du métier ne fut tenue, mais l'argent avait bel et bien disparu. Lazare le comprit trop tard. Le groupe se disloqua et le jeune homme devint vendeur dans une boutique de prêt-à-porter chez un de ses amis rencontré en discothèque. « Vous avez le style pour ce métier », lui assurait-on.

Deux ans plus tard, il connaissait bien les produits textiles et assurait sérieusement son poste. On lui confiait des responsabilités.

Son père ne lui avait fait aucun reproche et ne lui avait pas tenu rigueur de la malheureuse histoire de l'orchestre. Le sujet n'avait plus jamais été abordé.

Lazare venait parfois à Bienvenue, au grand bonheur de sa famille. Il retrouvait la terre de son enfance qui lui semblait bien loin déjà. Hippolyte le trouvait toujours trop maigre, et la mine trop blanche.

– Tu as besoin de l'air d'ici, Lazare. On dirait que tu sors d'une cave. Pourtant à Toulouse il y a du soleil, que fais-tu pour n'avoir pas plus de couleurs ?

Lazare esquissait un petit sourire. Puis le père, se rendant compte de ses propos malvenus, s'excusait. Mais il ne pouvait comprendre pourquoi, en pleine force de l'âge, un jeune homme comme Lazare avait cette mine pâlotte.

– Viens donc passer un mois cet été, un mois entier à la campagne, et tu seras un autre homme.

Incorrigible Deschaumes. À la ferme tout continuait malgré l'absence d'Irène. Louisette assumait sa tâche, bien qu'elle fût parfois submergée de besogne. Hippolyte n'avait rien perdu de son ton de commandement, il n'avait abandonné ni ses jodhpurs, ni son chapeau trop petit, ni ses gants de conduite. Ses affaires tournaient, les deux entreprises semblaient se maintenir.

Un jour il confia à Lazare :

– Je n'imaginais pas la place qu'occupait ta mère dans ma vie. Maintenant je mesure l'importance qu'elle avait dans cette maison. En apparence, tout semble aller comme avant, mais au fond, la solitude dans laquelle je vis ne me convient pas.

– Avec la ferme et la scierie, tu as pourtant de quoi faire. Les engins encombrent ton hangar, tes cours... Les champs sont cultivés, les prés fauchés, les chemins portent les traces des tracteurs et autour de la maison, de la grange à l'étable, tout est comme avant. Mais tu as raison, ce n'est plus maman qui donne le grain à la volaille en chantant comme elle aimait le faire. Ce n'est plus elle qui ordonne les repas, ce n'est plus elle...

Hippolyte demeura silencieux, puis :

– J'ai demandé aux filles si, plus tard, l'une ou l'autre ne voudrait pas revenir ici. Je crains que personne ne veuille poursuivre. Tout le monde semble attiré par les villes, voilà le signe inquiétant de l'abandon des campagnes. Je serai l'un des derniers à m'accrocher à nos terres, mais je mourrai ici, chez moi !

Il tapait du poing sur la table, victime de son tempérament.

– Et toi, le Toulousain, qu'envisages-tu ? Tu ne vas pas rester à vendre des chiffons toute ta vie ?

– Je souhaiterais m'installer à mon compte, on m'a fait des propositions.

– Lazare marchand de « petassous », je veux dire d'habits, je n'y aurais jamais songé ! Mais si ça doit être ta vie, c'est respectable et honorable. Après tout...

Et son regard fuyait alors vers cette campagne qui lui appartenait, des limites de la scierie jusqu'au ruisseau d'en bas. Il ne pouvait s'empêcher de rêver... Il ne romprait jamais le lien entre Lazare et lui, c'était désormais une certitude. Mais il s'accrocherait jusqu'au bout à son mince fil d'espoir.

– Ce n'est pas encore fait, dit Lazare demeuré dans son idée. Avec mon ami Jeff, nous projetons d'acheter un fonds de commerce. Nous aurons besoin d'un crédit important, et les banques et les fournisseurs nous donnent bon espoir.

Hippolyte acquiesçait d'une manière presque mécanique. Il savait que tous ces emprunts coûteraient cher, très cher, et craignait que l'avenir de ce fils fût déjà hypothéqué grandement. De plus, Lazare parlait toujours et trop de cet ami. Hippolyte rageait qu'il ne puisse agir seul, pour son propre compte.

Lorsqu'il se retrouvait seul, face au sommeil, ses démons venaient se jouer de lui, au fond de ses longues nuits de solitude. La lettre de Pélagie s'échappait alors de la pendule, et les mots du secret pleuvaient sur le village comme un vol d'étourneaux. Il avait beau courir à en perdre le souffle, les bras tendus vers le ciel, il n'en rattrapait aucun. Mais les villageois emplissaient des paniers... des paniers de mots. Et il s'éveillait chaque fois baigné de sueur, le cœur affolé...

Pélagie ne se rendait plus chez les Deschaumes. Elle vivait doucement une petite tranquillité, comme elle disait. Les ouvriers d'Hippolyte cultivaient toujours le jardin de Chapelou – convention verbale oblige – et Pélagie prélevait ce qu'elle désirait. Surtout des géraniums. Des géraniums plein les pots et les bordures ! Il y en avait partout, près du portail, devant sa porte, le long des allées et même sur la margelle du puits. À part un tapis de violettes qui parfumait les premiers jours de soleil, le long de la haie, il n'y avait pas d'autres fleurs à Chapelou que les plus beaux géraniums du village !

Quant à Ernestine, elle venait d'arrêter son travail. L'usine rencontrant des difficultés, on lui avait proposé un départ anticipé, et elle l'avait accepté, considérant qu'elle aurait assez de sa petite retraite pour vivre toute seule à la Fournial. Quelques poules, un jardinet, elle saurait subsister.

Les deux femmes se rencontraient le dimanche à la messe, à Rougerie. Un petit marché s'installait sur la place et rassemblait les ménagères qui trouvaient là des produits différents de l'épicerie du village. Le lieu attirait aussi les hommes qui en profitaient pour se rendre au café.

La Coupe du monde de football de l'été 1978 passionnait encore les sportifs – et les autres. L'équipe de France n'avait pu franchir le premier tour. Les supporters se morfondaient en vociférant contre la décision de cet arbitre, M. Dubach – dont on oublierait vite le nom – qui avait sifflé un penalty injustifié contre Marius Trésor au bénéfice de l'Argentine. De quoi ouvrir et ne jamais refermer des débats qui pour une fois ne devaient rien à la politique !

6

1980.

Lazare est chef de rayon, et s'affaire à mettre en place la nouvelle collection d'hiver. Une effervescence certaine règne dans ces moments-là, l'équipe de vente découvre les articles de la saison, les vendeuses ont l'œil pétillant et parfois la critique sévère. Le chef de rayon doit alors motiver ses vendeuses, expliquer les achats, exposer la méthode de vente.

Lazare se disait qu'à Bienvenue, ils étaient loin de ces procédés commerciaux élaborés. Pourtant certaines négociations pourraient s'améliorer à condition d'en connaître les règles et de les appliquer. Il se souvenait notamment de son père pestant contre les bas prix de vente de ses produits : le lait, les céréales, les légumes, les bêtes sur pieds, les œufs et les volailles, prix qui parfois ne couvraient même pas le prix de revient. Les paysans protestaient, il aurait fallu s'organiser, mais s'organiser coûte cher. Quant à la scierie, Hippolyte considérait que son exploitation lui permettait de garder les employés à la ferme pour les périodes difficiles, et vice versa...

L'abattage en forêt, les transports et la transformation des grumes en planches, en poutres et chevrons lui laissaient un revenu non négligeable, certes, mais comme tout paysan, il avait cette fâcheuse tendance à ne jamais être satisfait de ses affaires. Le monde agricole se dépeuple, tant par l'attraction des villes que par lassitude d'un métier de plus en plus difficile à rentabiliser face aux importations étrangères et aux méthodes modernes exigeant un investissement de matériel disproportionné, fût-ce au travers d'une CUMA.

De plus, les jeunes hommes ne trouvent plus femmes à la campagne. Rares sont celles qui acceptent cette vie difficile, sans confort, sans agréments pour la vie de famille.

Lazare Deschaumes avait lui aussi ses problèmes de résultats, tout comme les paysans avaient leurs problèmes de rentabilité, à la seule différence qu'il ne percevait aucune indemnité de compensation ni prime de haute montagne...

Son projet d'achat de magasin butait encore sur le poste « financement ». Ce qui ne l'empêcha pas de partir en stages d'initiation et de perfectionnement obligatoire, le premier en usine de confection, le deuxième dans une succursale de la société dite pilote, le tout durant quelques semaines.

Son premier contact avec l'industrie textile l'amena dans la salle de coupe. De grandes tables, sur lesquelles on déroulait quatorze ou seize épaisseurs de tissus bien retenues ensemble par de puissantes pinces sur les bords, s'alignaient sous l'éclairage des lampes ou des tubes fluorescents. Les maîtres-coupeurs relevaient à la craie blanche ou bleue les contours des patrons, calculant minutieusement et au plus près, en évitant la moindre perte d'étoffe. Puis les ciseaux électriques, telles des scies à rubans, découpaient ces épaisseurs dans un étrange bruit feutré.

Les parties du puzzle ainsi découpées recevaient des numéros, des fiches, puis, ligotées, ficelées, rejoignaient des casiers : atelier de surfilage, de montage, etc.

Lazare ouvrait de grands yeux.

– Dans quelque temps, nous aurons une découpe automatique à rayon laser, assistée par ordinateur. Vous imaginez le gain de temps ? Nous introduirons les données dans la machine et elle programmera les patrons par tailles !

– Je découvre ce métier, cette industrie. Je n'imaginais pas cette productivité.

– Nous n'en sommes qu'au début, cher monsieur.

Le personnage à qui l'on avait confié Lazare portait sur son faciès toute l'antipathie du monde. Son visage sec, son nez maigre et ses cheveux courts faisaient de lui un personnage dont on ne pouvait attendre aucune chaleur, peut-être même aucun sentiment.

La visite continuait par l'atelier de fabrication. Lazare pénétra dans ce monde mécanique, dans le bruit des machines à coudre industrielles dont les moteurs accélèrent brusquement et s'arrêtent de même. Des dizaines et des dizaines d'ouvrières, attentives à leur travail, assuraient la production, penchées sur leurs outils bruyants, reliés au rail du plafond comme autant de cordons ombilicaux. Les machines à surfiler avalent des kilomètres de tissus à une vitesse vertigineuse, consommant d'énormes bobines de fil. Le travail à la chaîne ne laissait guère le temps de lever le nez ou de bavarder. Les mains expertes plaçaient les pièces à assembler sous le pied-de-biche commandé par pression du genou, leurs pieds appuyaient sur la pédale et l'ouvrage avançait, parfois s'enfuyait d'un seul jet sur la machine. Le tapis roulant promenait ses casiers où elles jetaient leur travail plutôt qu'elles ne le déposaient. Ici, on plastronne les devants de vestons avec des toiles autocollantes sur des presses spéciales. Cliquetis, rouages, jets de vapeur et d'air comprimé, mécaniques dociles et clapets automatiques, opératrices attentives, tel apparaît ce monde de travail. Plus loin, une étrange machine indépendante fabrique de petites pièces complémentaires.

Au fil des heures, des jours, la tête de Lazare s'emplissait d'informations et de détails de fabrication qui lui serviraient plus tard pour convaincre quelque client pointilleux et connaisseur. Il écoutait avec attention les explications du contremaître, un des rares hommes présents dans cet atelier. Son regard dur se promenait sur chaque ouvrière, observait les moindres gestes.

– Si on ne les surveille pas, précisait-il, elles en profitent et retardent la production. Je contrôle à la seconde près leur temps de travail sur chaque pièce.

– Vous contrôlez les secondes sur chaque travail ?

– Je suis payé pour ça, oui. On ne m'estime pas, mais là n'est pas le problème. À chaque amélioration de temps pour une opération, nous la validons et elle devient la référence temps de ladite opération. Les délégués protestent, les ouvrières hurlent, et moi je perçois une prime. Nous réalisons ainsi des records de production !

Lazare découvrait le mode impitoyable du travail à la chaîne où chaque ouvrière doit justifier de ses soixante secondes par minute et des soixante minutes par heure de production.

Lorsqu'il se rendit dans la salle de repassage, il se demanda comment on pouvait tenir ici, par cette température et dans cette moiteur. Les presses crachaient leur vapeur à travers les immenses formes de repassage, demi-buste ou buste entier, dans une atmosphère si surchauffée que certaines filles n'avaient pour seuls vêtements que leurs blouses...

On n'entendait que les jets de vapeur, les cliquetis des boutons des fers à repasser et les commandes brusques des différentes presses. Les vêtements sur cintres s'éloignaient dans d'autres salles, transportés sur des rails suspendus... Fantômes sans âme au défilé ininterrompu !

Quand ils traversèrent tous deux une autre salle, dite de réunion, Lazare ne fut pas surpris de découvrir les affiches syndicales placardées sur les murs. Les slogans ne l'étonnaient pas davantage, les revendications se justifiaient.

– Vous n'avez jamais mis les pieds dans un atelier de confection ?

– Non.

– Je n'en suis pas étonné, je vous vois si surpris. Dans certains pays, ce sont les enfants qui font le travail, ça ne coûte presque rien, dit le contremaître avec une arrogance qui donna à Lazare l'envie de l'écraser comme un cafard. Mais il avait un public, il faisait la roue !

– Un jour, il n'y aura plus d'ateliers en France, on produit trop cher, vous verrez... dans certains pays, on les paye à peine et ils sont contents !

Lazare se tut. Il devait se taire pour ne pas compromettre son avenir. Mais le contremaître qui l'avait jugé lui dit à la fin du stage atelier :

– Soyez tranquille, vous oublierez ce que vous avez vu, nous avons, hélas ! l'habitude. Mais vous serez obligé d'agir de même avec vos vendeuses si vous voulez tenir et résister à la concurrence ! Il n'y a que deux sortes de gens sur la terre : ceux qui gagnent et ceux qui perdent. Alors choisissez votre camp !

Un androïde !

Lazare se promit de réfléchir plus longuement à tout cela. Il avait besoin d'une enseigne pour l'aider à démarrer, et celle-ci l'employait déjà. Et une marque, fût-elle en franchise, représentait une aubaine pour lui.

Vint le stage en magasin. Lazare découvrait la gestion du personnel. Jusqu'à ce jour, il n'avait eu à se préoccuper que de la gestion des marchandises. Ici, il apprendrait à gérer des hommes et des femmes, selon, lui dit-on, les exigences de la productivité. Encore et toujours.

Tout d'abord, il dut se soumettre à quelques tests d'aptitude : liste de questions sans lien entre elles mais auxquelles il devait répondre le plus rapidement possible, sans réfléchir. « Cochez la case très vite », lui disait-on. L'examen terminé, un expert du bureau de recrutement de la chaîne s'entretint avec lui.

On lui expliqua comment se décrypte un CV entre les lignes. Le critère de choix ? Déterminer le ou la candidate capable de produire un chiffre d'affaires maximum. Simple.

Les qualités de vendeurs ne suffisent pas, la disponibilité doit apparaître importante. Un vendeur ne doit pas regarder sa montre mais l'objectif caisse.

Les affinités entre employés ne sont pas souhaitables si ce n'est dans un but lucratif pour l'entreprise.

– La recherche semble très approfondie, dit Lazare, surpris par les aspects inquisiteurs de la méthode.

– Quant à vous, Lazare – ici on l'appelait par son prénom – vous avez échappé à cette sélection lors de votre entrée dans la chaîne, vous aviez un appui sûr, souligna l'homme avec un sourire pincé.

Ils consultèrent une dizaine de CV, retenus pour examen de routine, des stagiaires appelés à devenir des responsables.

– Vous étudierez les courriers et vous choisirez la responsable en second de votre magasin, la personne qu'il vous faut, si vous la trouvez, bien entendu ! Dénicher la compétence n'est pas chose facile...

Lazare feuilletait les lettres de candidature, une à une. Pour mettre un point final à l'exercice, le formateur martela :

– Si votre choix se porte sur une femme, sélectionnez la plus disponible, entre vingt-huit et trente-cinq ans, divorcée ou célibataire, ayant des besoins d'argent, un véhicule personnel, sans attache familiale, et ne craignant pas d'entreprendre des challenges quitte à surpasser ses collègues pour réaliser ses objectifs.

Ahurissant ! On avait mis des rails au personnage, et il obéissait comme un grand, conditionné à défendre les méthodes de recrutement de la chaîne Homme/Homme.

Un autre jour, le maître de stage examinait méticuleusement les ventes de chacune des vendeuses. Il transmit à Lazare les résultats et lui dit :

– Que feriez-vous pour motiver votre équipe de vente afin d'améliorer son score ? Observez bien les quantités vendues par personne, la valeur du panier moyen est calculée par le ticket de caisse. Les ventes dites complémentaires, sur lesquelles les marges et l'intéressement sont importants, doivent s'analyser et se traiter tous les jours. Calculez les chiffres d'affaires par vendeuse, transformez-les en rendement horaire et vous aurez toutes indications pour faire face à toute observation ou réclamation.

Lazare n'avait jamais imaginé qu'on pût décortiquer ce genre de résultats dans son magasin de Toulouse. Son ami ne travaillait pas ainsi. Mais la profession de commerçant n'impliquait-elle pas de connaître toutes ces méthodes diaboliques ? Il griffonnait des notes sur son bloc, essayant de pratiquer l'examen des chiffres de ventes au plus précis. Après un moment de réflexion, il répondit :

– Pour motiver les vendeuses, je féliciterais d'abord celles qui ont réalisé le meilleur chiffre.

– C'est une première erreur, on ne félicite jamais, elles faibliraient le jour même. Voyez, il y a des failles dans leurs ventes, observez !

Et de démontrer une insuffisance par-ci, un oubli par-là, une heure trop favorable à une telle, un temps de déjeuner trop long à une autre, trop de manutention à celle-ci, trop de temps en réserve à celle-là, etc. Aucun article de la saison précédente vendu, pas de guelte, attention aux pénalités !

Le cerveau de Lazare n'absorbait plus. Il se lâcha :

– Mais c'est horrible ce que vous pratiquez, ce n'est pas humain ! Et le respect dans tout cela ?

– Nous sommes là pour rentabiliser coûte que coûte, il n'y a de place que pour les performants. Le respect, me dites-vous ? Les vendeurs de cette succursale gagnent mieux leur vie que certains autres, croyez-moi. Ici on ne regarde pas sa montre quand approche l'heure de la fermeture. Dans les notes de service, on affiche les meilleurs salaires, les meilleurs rendements ! Vous êtes jeune et vous devez croire en ce management, il est efficace !

Lazare avait la tête qui chauffait telle une bouilloire. Oserait-il un jour instaurer de telles pratiques dans son magasin ?

Aurait-il cette force et cette détermination pour diriger ? Il en doutait.

Pendant un instant, il essaya de se souvenir des événements de Mai 68. Il n'avait que douze ans, à l'époque. Où étaient donc les revendications ? Les droits des travailleurs ? Le monde des salariés en était-il vraiment là ?

Lazare avait une belle gueule, un sourire pour

convaincre, une élégance raffinée qui lui avaient permis d'entrer rapidement dans la vente avec l'appui d'un ami, et de réussir jusqu'à ce jour dans le prêt-à-porter.

À la fin des stages à Lyon, ville de la succursale dite pilote, Lazare rentra à Bienvenue. Il avait besoin de reprendre des forces aussi bien mentales que physiques. Rien de tel qu'un bol d'air du pays natal ! Maintenant et seulement maintenant, il se surprenait à avoir de tels besoins, de telles envies. Et il en était heureux.

La maison semblait bien grande pour ces deux hommes qui se retrouvaient le soir près de la cheminée. La douce chaleur de l'âtre voulait ramener la présence d'Irène, mais sa place dans la bergère demeurait vide, face aux flammes qui pleurnichaient sur les rondeurs du bois trop vert, d'où s'échappaient des larmes de sève prisonnière.

Hippolyte observait son fils du coin de l'œil, ce fils qui voulait lui parler, il le sentait.

– J'ai appris tant de choses pendant ce stage, si tu savais ce qu'est le monde du textile... J'étais loin de savoir, crois-moi !

– La vie n'est facile pour personne. Les apparences dissimulent la vérité, c'est bien connu. Tu es toujours partant pour ton affaire ?

– Avec mon ami et futur associé nous avons quelques soucis de trésorerie, mais j'espère que ça va s'arranger. Ses parents lui donneront leur caution bancaire, si nécessaire. Les banques ne prêtent pas sur l'achat de fonds de commerce sans achat des murs, sauf garanties particulières.

– Je suis là, et je peux t'aider. Mais j'aimerais que tu achètes cette affaire seul. Je te donnerai ma caution, une garantie sur nos biens.

Lazare le regarda avec peut-être une tendresse inhabituelle dans le regard. Il n'avait pas imaginé ce comportement subit.

– Pour le moment il n'y a pas d'urgence, dit-il. Nous saurons dans une quinzaine. Je te remercie de ta proposition.

Mais la condition le gênait.

Après réflexion, il en conclut pourtant que cette demande était normale vis-à-vis de ses sœurs, car il voulait qu'elles fussent averties. Son futur associé n'était pas de la famille.

Lazare repartit pour Toulouse après avoir rendu visite à Pélagie, à qui il racontait à peu près toute sa vie.

– J'aime tellement ta petite maison, on se sent si bien ici... Une véritable oasis !

Et Pélagie riait, ravie de pouvoir le serrer contre elle.

En quittant Pélagie, ce jour d'automne 1980, Lazare ignorait qu'il ne reverrait plus sa chère nounou.

Un matin de novembre, le facteur la découvrit morte, assise dans son fauteuil, près de la fenêtre. Ses bras posés sur les accoudoirs, sa tête penchée, son attitude paisible laissaient penser qu'elle s'était simplement assoupie.

On enterra Pélagie au cimetière de Rougerie. Elle rejoignait, quatre ans plus tard, Irène décédée en 1976. Il y eut foule à son enterrement. Lazare manquait, qui n'avait pu se libérer et s'en désespérait.

Un silence glacial enveloppa désormais Chapelou, un linceul de solitude et d'abandon.

Pélagie s'en était allée sans bruit, en contemplant peut-être son jardin auquel elle tenait tant. Un jardin de fin novembre, caressé par un soleil blanc.

Ernestine perçut ce départ comme une déchirure, la perte d'une moitié d'elle-même. « Désormais, ce sera mon tour, songea-t-elle. La mort n'oublie jamais personne. »

7

À Toulouse, l'année 1981 a bien débuté. Hippolyte a tenu sa promesse et Lazare la sienne. Son père s'est porté caution solidaire, et lui est désormais seul à la tête de son affaire. Il vit avec Aurélie, une jeune et belle femme rencontrée quelque temps plus tôt. Comme lui, elle travaille dans une boutique de vêtements et souhaite, un jour, rejoindre Lazare dans son magasin.

Très occupé par les soldes d'hiver, Lazare depuis quelques jours ne se préoccupait guère du courrier qu'il recevait chez lui, mêlé aux prospectus en tout genre qui envahissaient sa boîte aux lettres. Les vœux du Nouvel An avaient été échangés avec son père, ses deux sœurs, et aussi Évelyne qui ne l'oubliait pas.

C'est en triant ce fatras qu'une enveloppe retint son attention, et notamment l'expéditeur : « Étude notariale de maître Jules d'Estrembière, notaire à Rougerie. » Le nom le fit sourire, comme au temps où ce nom à rallonge chatouillait son humour d'enfant...

Sans doute quelques papiers officiels pour la caution de son père. Il déposa l'enveloppe sur une petite table et l'oublia.

C'est Aurélie qui, le soir, la remarqua :

– Tu n'ouvres pas ton courrier ? Tu redoutes de mauvaises nouvelles ?

– Quand les notaires écrivent, il y a toujours une facture à payer. Vas-y, ouvre-la pour moi.

Aurélie ouvrit donc la lettre, et prit connaissance du contenu. Comme elle demeurait silencieuse, Lazare s'inquiéta :

– C'est à ce point-là ? Quel montant ?

Aurélie lui tendit le courrier en souriant.

– Ce n'est pas l'oncle d'Amérique, mais ça y ressemble !

Lazare était convoqué en l'étude de maître Jules d'Estrembière pour l'ouverture du testament de Pélagie Sermoniol. Tout d'abord surpris, Lazare eut un sourire ému :

– La pauvre Pélagie n'avait pas de famille, elle doit me léguer quelque souvenir. Elle m'a élevé, elle a veillé sur moi plus que ma mère. C'était... C'était une femme extraordinaire, elle aurait voulu devenir infirmière, au lieu de ça, elle a consacré sa vie à notre famille... Je ne l'ai pas assez aimée... Je le sais aujourd'hui.

– Peut-être vas-tu hériter de sa cafetière ?

– Ne te moque pas, s'il te plaît. Elle possédait si peu. Je me souviens de cette pendule qu'on lui avait volée, ces salauds ne se sont pas demandé si elle était riche ou pauvre !

– Tu n'hériteras donc pas de la pendule ! dit Aurélie en riant.

– Je n'ai déjà pas pu assister à ses obsèques... Il faut que je me rende à cette convocation.

Et il cercla de rouge, sur son agenda, le vendredi 23 janvier.

Les soldes de janvier apportaient toujours un surcroît de travail au magasin, mais pour rien au monde, Lazare n'aurait manqué son rendez-vous avec le souvenir de Pélagie.

À quinze heures précises, le 23 janvier, il franchissait le seuil de l'étude de maître Jules d'Estrembière qui l'accueillit avec bienveillance. Assis face à cet homme âgé, d'une distinction rare, Lazare dut maîtriser son émotion. Il attendait.

Lorsque le notaire lui annonça que Pélagie Sermoniol était propriétaire de Chapelou, et qu'elle le désignait son légataire universel, il en eut le souffle coupé. Elle ne fournissait aucune explication, ne donnait pas la moindre information. Il en fut bouleversé. Il voulut remercier, prononcer quelques mots, mais dut renoncer tant l'émotion lui serrait la gorge. *Légataire universel,* ces deux mots résonnaient en lui… et aussi l'incompréhension. Il pensa tout à coup à la Rolande, à ces êtres doubles dont on ne connaissait que le côté face. Qui était Pélagie ?

Lazare rejoignit Bienvenue pour y passer la nuit, et se hâta d'informer son père de ce qui lui arrivait.

– J'ai toujours pensé que Chapelou t'appartenait, papa. Tu nous avais bien dit que tu l'avais loué à Pélagie ?

– J'avais oublié d'en informer la famille… À l'époque, ça n'intéressait personne, et puis c'était un héritage personnel. Ça m'a pris comme ça, pour Pélagie. Ce n'était pas d'une grande valeur et on est vite tombés d'accord sur le prix. Elle était heureuse d'être propriétaire, et ça m'a fait plaisir de la savoir près de chez nous.

Lazare observait son père avec curiosité : cet homme pouvait donc se montrer bienveillant pour d'autres que sa famille ?

Hippolyte tapota la main de son fils :

– Te voilà donc propriétaire, tu ne vas pas t'en plaindre ? C'était une brave personne, Pélagie, sur qui l'on a pu toujours compter en toute occasion.

– Ce petit bout de terre, j'y étais si bien lorsque j'allais lui rendre visite, je le lui disais souvent et ça lui plaisait. Mais je n'aurais jamais pensé… Tu pourras continuer à cultiver le jardin. Pour le reste, je reviendrai visiter la maison quand j'aurai les clefs, mais rien ne presse, il y a des frais à régler…

– Le notaire ne t'a rien laissé d'autre ? aucun

document ? Tu sais, les notaires, avec leurs papiers, ça n'en finit pas.

– Non. Il a lu le testament qu'il m'a montré... C'était la première fois que je découvrais l'écriture de Pélagie, la dernière aussi, et ça m'a impressionné, dit-il en posant la main sur sa poitrine. Qui aurait imaginé que le testament de Pélagie patientait chez le notaire ? (Son front se plissa tout à coup.) J'espère que mes sœurs n'y verront pas d'injustice ! Il ne manquerait plus que ça !

Hippolyte garda le silence.

Dans l'âtre, les grandes bûches consumées en leur milieu s'affaissaient dans une gerbe d'étincelles. On resserrait alors les tisons pour que le feu dure encore. Dehors, le thermomètre indiquait – 10 º C. Et Lazare se demanda tout à coup si la maison de Chapelou possédait un cantou ! Impossible de s'en souvenir !

Puis, sans transition, il demanda à son père :

– As-tu fait une bonne saison avec les noix ?

– Oh ! une récolte sans précédent, mon fils. La plantation a dix années et j'en suis très satisfait. Près de quatre cents kilos de noix séchées vendues à un très bon prix, ça améliore les finances !

– Tu avais planté ces arbres lors de ma première année à Toulouse, je m'en souviens très bien !

– Je ne l'ai jamais regretté...

Lazare revenait à son idée de cheminée... Puis il se souvint, où avait-il la tête ? Bien sûr, il y avait une cheminée avec son manteau noir, une crémaillère suspendue sur laquelle trônait une marmite noire et ventrue. Rien de tel pour faire une excellente soupe aux choux, pour la maintenir tiède près des braises et la réchauffer plusieurs fois.

Dès le lendemain, il reprenait la route de Toulouse, non sans avoir contourné son futur domaine, Chapelou ! Cette maison serait donc la sienne, il ne pouvait encore s'en convaincre ! Sous le gel, les arbres et le jardin étaient nus et pourtant, dans son cœur, l'émotion imaginait déjà les couleurs de l'été. « Merci, ma pauvre Pélagie, mille mercis. Tu ne sauras jamais, hélas ! le bonheur que tu me donnes. »

À Bienvenue, Hippolyte Deschaumes ruminait. Des craintes naissaient en chapelet dans sa tête. Qu'avait donc combiné Pélagie ? Avait-elle trahi sa parole ? N'avait-elle pas laissé un deuxième document quelque part, et pourquoi pas chez le notaire ?

N'y tenant plus, il décida de se rendre à l'étude, sous prétexte de consulter des plans relatifs à ses terres...

Et bien sûr, par pur hasard, l'héritage miraculeux de son fils survint dans la conversation. Le notaire dit simplement :

– Chapelou revient dans sa famille. J'ai vu tant de situations étranges dans mon étude que je ne suis guère étonné de celle-là. Pélagie a choisi la personne qu'elle appréciait le plus, sans doute, et qu'elle avait élevée. Et puis elle n'avait aucune famille, c'est assez logique.

Hippolyte n'était pas plus avancé. Sur le chemin du retour, une angoisse le saisit qui n'augurait rien de bon. Heureusement que ses filles n'avaient pas cherché midi à quatorze heures. Elles avaient même trouvé l'idée épatante... Si seulement elles pouvaient voir juste ! Si seulement ce pied-à-terre forçait Lazare à revenir plus souvent !

À Toulouse, en revanche, la bonne nouvelle s'était muée en fiasco. Aurélie fit la fine bouche, pas convaincue du tout que ce soit une bonne affaire.

– Et puis tu imagines ce qu'on va devoir débourser pour les frais de succession, les aménagements, tout ça pour un coin perdu au fin fond de l'Auvergne !

Lazare accusa le coup, et cette blessure de leur relation ne devait jamais se refermer.

La date d'ouverture du magasin fut enfin fixée au 15 avril.

Jeff et Lazare conclurent en parallèle un contrat de groupement d'achats destiné à obtenir des fournisseurs des conditions avantageuses.

À la boutique, située en zone piétonne, on commença les travaux de réfection et d'embellissement.

Les commandes déjà préparées furent confirmées, ainsi que les conditions des fournisseurs.

Aurélie et Lazare géreraient tous deux le magasin avec l'aide d'une vendeuse. Aurélie proposa une candidate qu'elle connaissait, et Lazare n'y trouva rien à redire.

L'ouverture tant espérée eut lieu sous les meilleurs auspices, malgré le peu de publicité reprise par les médias. Cette rue piétonne, très fréquentée, amena d'emblée un flot appréciable de clientèle.

À Bienvenue, les futures élections présidentielles occupaient une large partie du temps d'Hippolyte Deschaumes. Presse et débats télévisés l'intéressaient diablement. « On ne peut pas sortir le président actuel, impossible ! », affirmait-il.

Le 10 mai, le ciel lui tombait sur la tête.

À vingt heures, les traits du nouveau chef de l'État apparaissaient sur l'écran, et Hippolyte ne trouvait ni les mots de sa surprise ni ceux de sa rage. La gauche gagnante... François Mitterrand président de la République ! Il suivit les débats politiques jusqu'à la dernière heure, rompu de fatigue et de déception. « Le peuple de France s'est exprimé ! », hurla-t-il dans sa maison vide.

Quand l'été arriva, il s'en aperçut à peine. Les océans verts méritaient qu'on s'occupât d'eux, mais la vie de Deschaumes manquait désormais d'enthousiasme, d'élan. En deux mots : de bonheur. La solitude lui donnait à mesurer la vanité de ses espérances, de ses projets. Son fils, malgré Chapelou, s'éloignait de plus en plus de Bienvenue ; la gauche était passée, et les législatives l'avaient confortée au pouvoir. Il se sentait dépossédé, dépouillé de tout.

Alors qu'il se rendait à Rougerie, il aperçut Évelyne Pradine, l'amie d'enfance de Lazare. Tout naturellement, elle vint s'enquérir du Toulousain.

– Bof... Il ne pense qu'à son affaire, alors qu'ici il ne reste plus personne pour me seconder. C'est tout de même terrible de ne pas aimer ses terres, qu'en penses-tu, toi qui le connais bien ? Crois-tu qu'il changera un jour ?

– Il m'est bien difficile de vous répondre, monsieur Deschaumes. Je sais que Lazare aime la campagne, mais pas les bêtes, pas les vaches, c'est sûr.

Elle marqua un silence et, presque à voix basse :

– Lazare est pour moi quelqu'un d'irremplaçable, vous le savez, je ne m'en suis jamais cachée, peut-être pas assez, ajouta-t-elle avec une moue. Mais je respecte son choix...

Son embarras toucha Deschaumes.

– Dis-moi, tu occupes un sacré poste à Paris, tu as bien réussi. Je me souviens de ce dessert que tu nous faisais parfois à la maison... Enfin, c'était davantage pour ton copain que pour ses sœurs ! Ah, fillette, avec Irène, on avait espéré qu'entre vous... Tu aurais pu devenir ma belle-fille. Et voilà qu'il s'est mis avec cette Aurélie, je crois. Il change souvent, et ce n'est pas bon signe ! Mais qu'est-ce que je peux faire ? On croit toujours que c'est chez les autres que ces choses-là arrivent. Alors j'ai pris le parti de l'aider dans sa musique, et maintenant dans son entreprise, sinon, je l'aurais perdu, tu comprends ? Oui, je l'aurais perdu. Y a-t-il seulement une chance pour qu'il change un jour ? À moins que je ne sois trop exigeant ? Qu'en penses-tu, c'est moi qui en demande trop ?

Évelyne détacha son regard des yeux trop brillants de Deschaumes. Son désarroi lui faisait mal.

– Je ne sais pas, je ne sais pas, vraiment. Mais s'il changeait d'avis...

Il hocha la tête, tourné vers un horizon qu'il était seul à voir. La petite était toujours amoureuse de son fils, ça se voyait comme le soleil de midi en plein ciel. C'était déjà ça.

– À Toulouse, il mène une vie de fou, à travailler, à sortir et à boire, je le sais. Et je crains le pire. Oui Évelyne, je crains le pire. S'il était ici, avec nous, ce serait différent, je pourrais...

– J'ai appris que Chapelou était à lui maintenant, on le verra peut-être plus souvent. Cette maison lui a toujours plu, il me l'a dit bien souvent.

– Je te promets de te prévenir chaque fois qu'il s'annoncera, dit-il en lui faisant un clin d'œil complice.

Elle acquiesça avec le sourire.

Hippolyte Deschaumes lançait là un autre défi, à lui-même et au monde : récupérer ce fils à tout prix. Un fils pour ses terres, envers et contre tout !

De retour à Bienvenue, il ressortit ses brouillons et se replongea dans ses croquis, ses esquisses de projets de modernisation, ferme et scierie.

– Avec de telles machines-outils, si performantes, on pourrait réaliser des merveilles, disait-il à haute voix, en consultant des catalogues. Ce que l'on peut faire aujourd'hui de mon installation vieillotte est fantastique ! Et en donnant tellement moins de peine aux hommes ! Dire que j'ai toujours cette vieille locomobile, une vraie pièce de musée...

Et soudain repris par un espoir insensé, il imaginait, croyait de nouveau. « J'ai tant fait pour toi, Lazare, j'ai tant fait, si tu savais... »

Il revoyait ses prés, ses champs, ses taillis... Lazare n'aimait pas les bovins ? Il les supprimerait ! Il remplacerait les prairies par des champs de nouvelles cultures, il augmenterait sa production de pommes de terre ! Il élargirait les accès pour le passage d'engins plus modernes et plus importants ! Il ferait un parc autour de sa maison avec des allées...

– Tu vois Irène, ce que je peux faire pour ce garçon ? Nos filles ne s'intéressent pas à notre terre. Alors je transformerai tout pour Lazare, ce sera ma dernière entreprise. Si ça ne marche pas, ma douce, je viendrai te rejoindre...

Il referma ses classeurs et posa la tête sur ses bras

croisés. Le sommeil le garda là toute la nuit, affalé sur la table.

Lazare fit un aller et retour si rapide qu'Hippolyte n'eut pas le temps de prévenir Évelyne. À sa grande surprise, Aurélie l'accompagnait.

Lorsque Hippolyte vit la jeune femme, il sut instantanément qu'il ne l'aimerait jamais. Lazare le comprit. Aussi ne demeurèrent-ils que quelques instants à Bienvenue avant de rejoindre Chapelou où ils restèrent une journée et demie, le temps de faire du vide dans les affaires de Pélagie.

Aurélie n'aima ni Chapelou, ni Bienvenue, ni Rougerie.

– C'est un vrai pays de ploucs ! annonça-t-elle en déployant un rire idiot. Heureusement que tu vis à Toulouse, tu n'as rien à faire dans ce monde-là.

Lazare serra les dents.

– Tu en as bien profité de ce monde-là, comme tu dis. Respecte-le ! Mon père est aussi honorable que le tien.

– Je disais ça sans penser à mal. Excuse-moi, Lazare.

Avant de repartir, Lazare déposa les clefs à Bienvenue. Sur le chemin, une femme en noir les observait. Ernestine Charensat.

Lazare songeait à l'automne qui prenait ici des teintes de feu.

La saison des cèpes arriverait en octobre... Il se revoyait avec ses sœurs courant dans les sous-bois de chênes, poussant les fougères avec un bâton bien trop grand pour lui. Lorsqu'il s'éloignait, elles le rappelaient, et lui, pour jouer, s'amusait à se cacher derrière les taillis. Évelyne aussi, parfois tout contre lui.

Les paniers étaient lourds, remplis de champignons parfumés, couleur de châtaignes ou de terre. Il se souvenait de tout, des rires, des cris, des courses avec le chien qui galopait, langue pendante... des brassées d'enfance qui continuaient de vivre ici, sans lui, loin de lui !

8

Hippolyte Deschaumes ruminait l'idée de se relancer dans la politique. Le maire lui avait fait des appels du pied, et il y réfléchissait une fois de plus. Diablement tenté.

En ce début de printemps 1982, Lazare avait aménagé la maison de Chapelou, n'avait conservé que bien peu de choses de Pélagie, ce qui paraissait normal. Il promettait d'y venir pendant l'été, avec Aurélie. Ce qui ne ravissait aucunement Hippolyte. Cette fille lui donnait des démangeaisons dans les semelles... avec quel plaisir il lui aurait botté le derrière !

Il s'en ouvrait à Évelyne, et la jeune fille riait, mais pas ses yeux. Là demeurait un feu éteint qui ne voulait pas mourir.

Par un bel après-midi, alors que le mois de mai réchauffait les terres et le cœur des hommes, Deschaumes vit arriver dans sa ferme le curé de Rougerie, l'abbé Laudrasque. Après les salutations d'usage, Hippolyte demanda :

– Quel bon vent vous emmène, monsieur le curé ? C'est si rare de vous voir à Bienvenue, est-ce pour le mois de Marie ?

Le curé parut gêné, il trifouillait la croix qui pendait à son cou.

– Je voudrais vous parler en particulier, ce que j'ai à vous dire ne souffre aucune indiscrétion, voilà pourquoi j'ai préféré monter jusqu'ici, malgré ces premières chaleurs qui m'assomment.

– Venez, nous prendrons une petite goutte à l'ombre du tilleul.

– Je ne dis pas non. Du temps de madame Deschaumes, elle aussi savait me convaincre.

Deschaumes s'absenta un moment et revint avec une bouteille et deux verres. Ils s'assirent tous deux sur les vieux bancs de bois noircis par le mauvais temps, face à la table de plein air.

– Quelles sont donc ces nouvelles ? dit Deschaumes.

– Voilà, monsieur Deschaumes, ce qui me conduit à vous rencontrer. J'ai reçu, par l'intermédiaire de l'évêché, un courrier qui pourrait vous concerner, enfin je veux dire qui vous concerne, selon mes supérieurs.

Hippolyte fronça les sourcils.

– En notre Sainte Église, nous savons garder les

secrets reçus en confession, mais celui-ci ne nous a pas été transmis par cette voie.

Une sourde inquiétude oppressa Hippolyte.

– Je ne connais pas le contenu de ce courrier, je vous l'assure. Ma mission consiste seulement à vous le remettre en main propre. Nous autres, curés, sommes chargés parfois de missions inhabituelles, et nous savons les accomplir avec discrétion, soyez-en sûr.

Deschaumes se transformait en statue.

– Voilà le pli, dit le curé en lui tendant une lettre. En ce qui me concerne, ma mission est accomplie.

Hippolyte prit l'enveloppe et lut : « À REMETTRE À MONSIEUR HIPPOLYTE DESCHAUMES, BIENVENUE, ROUGERIE. » Il la déposa sur la table, entre la bouteille et les verres.

– J'en prendrai connaissance plus tard. Il y a plus pressé, des travaux urgents et des gens m'attendent, encore merci, monsieur le curé.

Ils burent leurs verres, puis le curé rebroussa chemin. Sa silhouette noire disparut dans le premier tournant.

Hippolyte se saisit de l'enveloppe cachetée. La lame de son couteau glissait déjà sous le repli.

À l'intérieur, une deuxième enveloppe qui elle avait été ouverte. Et ce qu'il avait tant redouté était là, entre ses mains : la confession de Pélagie Sermoniol, certainement cachée dans la pendule. Il s'écroula sur son banc, très pâle. Pélagie terminait ainsi :

Ma conscience ne sera jamais en paix, je demande pardon à Hippolyte Deschaumes et à Dieu de ne pas avoir pu faire davantage.

Pélagie Sermoniol,
le 1er septembre 1973, à Chapelou.

Deschaumes rentra dans la maison, en jurant tout bas : « Il fallait s'y attendre ! Qui a pu lire cette lettre et pourquoi m'est-elle parvenue ? Des yeux l'ont parcourue, des gens savent, peut-être même le curé ! Que faire ? Voilà que tout recommence. Je ne pourrai donc jamais accéder à la mairie ! Cette fois, c'est irrémédiable ! »

Il décida de brûler la lettre, mais au dernier moment s'y refusa, sa main tremblait. Il la relut encore et encore... Il se souvenait de cette nuit de février 1956, les deux naissances, le froid glacial puis, au matin, ses mains qui tremblaient... Comme maintenant.

Alors il décida de cacher la lettre.

Pélagie avait libéré son âme, sans méchanceté et avec la sincérité des gens honnêtes. Là-haut, Dieu lui avait certainement pardonné.

Soudain il sortit sur le pas de la porte, emplit ses poumons au maximum et jeta un regard vers le ciel, les poings serrés.

Dorénavant, le fardeau pèserait plus encore sur les épaules du maître de Bienvenue. Mais il se sentait assez fort pour le porter jusqu'à l'extrême limite. Il ne craquerait pas dès lors qu'il avait en sa possession la seule preuve existante !

Dans la capitale de la Haute-Garonne, les affaires de Lazare s'affirmaient. Son goût, le choix de ses articles plaisaient à sa clientèle. Un style jeune, souple, déstructuré, belles pièces de cuir, un assortiment de base assuré avec, comme il l'avait appris, ces articles complémentaires à un prix attractif qui laissaient une marge confortable. Lazare avait ce qu'on appelle le look qui accroche, il savait utiliser son sourire, et se révélait le meilleur. Dans ce domaine, Aurélie se sentait devancée, et la jeune vendeuse, Patricia, l'avait remarqué.

Au premier week-end de juillet, Aurélie et Lazare arrivèrent à Bienvenue fort tard dans la nuit. Il fallut frapper à la porte du père pour disposer des clefs de Chapelou. Hippolyte se montra de mauvaise humeur, non à cause du dérangement mais de la présence d'Aurélie.

Il dit à Lazare :

– J'aimerais bavarder un moment avec toi, mais seul, comprends-tu ?

Lazare répondit en bougonnant. À Bienvenue, leur arrivée ne déclenchait pas un débordement de joie, et il se demandait si cela s'arrangerait un jour.

Le lendemain, vers les seize heures, la voiture du Toulousain se gara près de la maison du père, qui l'attendait mais feignit la surprise.

– Tu voulais me voir ? dit Lazare en entrant. Je serais passé quand même, tu sais, venir à Chapelou sans monter jusqu'ici n'est pas pensable, que vas-tu imaginer ?

– Je n'imagine rien. Merci d'être monté seul. Alors, ces affaires ? Quelles sont les nouvelles ? Les recettes correspondent-elles à tes espoirs ?

– Ne t'inquiète pas, nous faisons de très bonnes journées. Nous gérons bien nos affaires et nous veillons tous sur la caisse ! répondit-il en riant.

Un détail éveilla alors l'attention d'Hippolyte :

– Nous ? Ne me dis pas que tout le monde touche à la caisse ?

– La confiance règne entre nous, on ne va pas commencer à douter les uns des autres.

– J'ai toujours pensé qu'il ne faut qu'un patron ! Tu es jeune, plein de bonne volonté, alors fais comme moi, sois le patron, seul !

– C'est notre affaire.

– Je te rappelle que j'ai apporté ma caution solidaire ! Ne te fâche pas, mais j'aime bien savoir. Et puis, excuse-moi mais je ne me fais pas à ton amie. Je le voudrais bien, mais ça ne veut pas se faire...

Lazare observait son père. Les deux hommes restaient sur la réserve.

– On va se faire un café, dit Hippolyte. Tu as toujours une mine de cagaïre, comme on dit chez nous. Tu n'as pas oublié le patois ? Ah ! Si au moins tu n'avais pas quitté le pays, tout serait différent. Un jour que tu auras le temps, je te montrerai mes projets, enfin j'aurais aimé dire *nos* projets.

Et tout en parlant, il préparait le café.

– Je sais bien que tu es à ton compte maintenant, mais ce n'est pas la même chose, rien à voir !

Lazare leva les bras au ciel.

– Papa, ne recommence pas ! Tu veux tout décider comme il te plaît. On devrait faire ceci, on devrait faire cela, toujours à ta manière. Mais aujourd'hui, ce n'est plus ainsi. Pardonne-moi mais je n'aime pas marcher dans la bouse, je n'aime pas les bêtes, surtout les vaches, les cochons, je n'aime pas cette odeur de...

– L'odeur du fumier n'a jamais enterré personne. Ici, on vit normalement et le fils prend la succession du père, ça s'est toujours fait ainsi. Voudrais-tu que nous perdions tout ? La sueur des ancêtres, leur vie de misère, de travail, d'économies ?

Lazare se laissa tomber sur une chaise, avec lassitude.

– Papa ! Ne parlons plus de tout ça, je t'en prie, on finirait par se fâcher sérieusement. Est-ce que les récoltes s'annoncent bien cette année ?

Pas de réponse. Dès que les effluves du café parvinrent à leurs narines, Lazare prit la cafetière et servit.

– J'aimerai toujours ces tasses, murmura-t-il. On dirait que le café y est meilleur.

– C'est ta mère qui avait acheté ce service, il y a si longtemps maintenant qu'il ne reste que trois tasses identiques.

Le temps devenait silence, la pendule en profitait. Au bout d'un long moment, Hippolyte n'y tint plus :

– Lazare, tu es un homme de chez nous, enfin je veux dire qu'ici c'est chez toi. J'ai admis ton métier, mais aujourd'hui, je ne peux plus. Il fallait que je te le dise. Je ne voyais pas les choses ainsi, je ne me rendais pas compte et je vais en crever ! Voilà !

Ils sortirent tous deux et firent quelques pas ensemble devant la maison, lentement, observant les choses mais ne les voyant pas.

Hippolyte s'immobilisa. D'un geste large du bras, montrant sans doute l'immensité du domaine, la propriété des Deschaumes, il dit, d'une voix presque douce :

– Tu vois, Lazare...

Et Lazare acquiesça d'un mouvement de tête. Puis il s'éloigna, lui faisant un signe de la main, sans se retourner. Il savait que son père le regardait et souffrait en même temps.

La voiture s'éloigna lentement sur le chemin et Deschaumes jura de tout son saoul, s'en prenant à ce foutu caractère qu'avait ce sacré fils...

Lazare et sa compagne rejoignirent Toulouse sans aucun au revoir à Bienvenue. Le jeune Deschaumes réalisait que, décidément, rien ne s'arrangerait entre son père et lui. La paix des lieux et la joie d'y vivre, ne fût-ce que pendant les vacances, s'éloignaient petit à petit. À quoi bon Chapelou qui n'intéressait même pas Aurélie ?

En 1982, l'Italie gagnait la Coupe du monde de football. La France n'était que quatrième, une fois de plus. Dans les cafés, les sportifs refaisaient le tournoi...

Lorsque Sophie rejoignit son père à Bienvenue, elle perçut le malaise persistant et essaya d'égayer la maison. Chaque année, elle se réservait une quinzaine de jours pour participer aux moissons et apportait en même temps la joie et la bonne humeur dans la ferme. Les ouvriers l'estimaient, elle ne craignait ni les bêtes ni la besogne contrairement à Christine qui ne venait avec son mari que pour se prélasser et se dorer au soleil.

– J'aurais tant aimé que Lazare soit avec nous, non pour s'occuper des bêtes, mais pour m'accompagner dans les champs et les prés.

Hippolyte avait l'air sombre.

– Ton frère est bien particulier, Sophie. Oui, bien particulier. Je pensais pouvoir tolérer son Aurélie, eh bien, vois-tu, je ne peux pas. J'ai beau me dire : Hippolyte, fais un effort, comprends-le, eh bien non ! Elle a un genre qu'on rencontre dans les bars, t'as vu cette couche de maquillage ?

– Les choix ne s'expliquent pas. Mais peut-être qu'un jour, le jour où tu comprendras que ton fils est heureux, tu l'admettras.

– Tu dis ça pour me rassurer parce que tu sais que j'en ai besoin. Mais il n'est pas heureux. Et toi, ma succession, tu n'y as jamais songé ?

– Nous en avons maintes fois discuté, papa ! Je suis infirmière et mon travail me convient, j'aime ce métier.

Il tenta d'en rire :

– Trouve-toi un mari paysan... Au fait, tu ne me parles plus de ce garçon de Laroque, Robert, je crois, un beau parti, des centaines d'hectares, non ?

– Les quatre-vingts qu'il exploite lui posent déjà des problèmes, mais c'est terminé entre nous ! Il voulait m'attirer dans ses terres, alors j'ai dit non.

– Décidément..., grommela Hippolyte. Je me demande ce qu'il a, Lazare, il a dû attraper je ne sais quoi, il est toujours pâle, fatigué.

– Il mène une vie bizarre, le travail, la musique, même s'il a un peu abandonné, les sorties dans les boîtes, il adore tout ça, peut-être qu'il ne se surveille pas assez, que veux-tu que je te dise ? Il mène sa vie comme il l'entend. Et puis ici, tu ne vois que des jeunes qui vivent au grand air, alors c'est vrai qu'ils ont des couleurs !

– Recommande-lui de se surveiller, il t'écoutera, toi.

Elle comprit que son père s'inquiétait gravement. Elle changea de sujet.

– Je me souviens : nous allions souvent chercher du cresson dans la fontaine d'en bas, au temps des moissons, avec mon frère. Tout le monde aimait ça aux quatre-heures. Nous faisions des détours et nous prenions des fous rires qui devaient s'entendre jusqu'ici. C'était le bon temps, comme on dit.

– Le temps où ta mère était là !

Elle prit son père par la main.

– Allons-y, les autres vont se demander ce que nous fabriquons, ils vont croire qu'on tire au flanc !

Et tous deux riaient enfin.

Aucune réelle nécessité n'exigeait la présence de Sophie durant les travaux d'été. Mais elle jouait à se persuader du contraire, ne fût-ce que pour perpétuer la tradition de ces deux semaines de bonheur dans la maison de son enfance.

Son père, tout heureux de voir sa fille, l'emmenait avec sa voiture reconnaître les routes et les chemins vieillissants. Toujours avec ses habitudes vestimentaires, veste de velours, jodhpurs, chapeau et gants de cuir qui épataient toujours Sophie. Bien droit. Bien raide. Le maître !

9

– C'est à n'y rien comprendre, disait Hippolyte Deschaumes à Évelyne qu'il venait de rencontrer. Je n'ai aucune nouvelle. À croire qu'il est mort. Cette maison ne devrait pas rester fermée. Ça ressemble à quoi ? Si Pélagie voyait son Chapelou !

– Toulouse ne lui réussit pas, monsieur Deschaumes. Moi qui vis à Paris, je reviens souvent, Rougerie me manque. Et lorsque je repars, je me sens mieux, j'ai l'impression d'avoir rechargé mes batteries. Tiens, et si j'allais le surprendre là-bas ? Je ne connais pas la ville rose, c'est une occasion.

Le temps des labours arrivait en ce début octobre. On n'attendait pas le lever des brouillards matinaux pour commencer, et seul le bruit des engins signalait leur présence, bêtes mécaniques égarées dans la brume. Les deux tracteurs, flanqués de leurs charrues, traçaient de longs sillons où se répercutait l'éclat d'un rayon de soleil tardif sur les faces brillantes des mottes renversées. Quatre immenses champs, assez bien exposés, attendaient les socs d'acier qui tranchaient, tels des scalpels énormes, puis retournaient ces cordons de terre fertile. Les volailles de la ferme suivaient les sillons neufs en quête de quelques vers.

Alors les terres prenaient leurs teintes brunes, parfois barbouillées de couleurs plus claires ou plus ocres, indiquant la trace d'anciennes bâtisses ou bordures de pierres mangées par le temps.

Deschaumes aimait labourer, maître de son engin bruyant, maître sur ses terres ! Par moments, on pouvait lire du plaisir sur son visage, oui, du vrai plaisir. Un arrêt pour étancher la soif. Ses champs devenaient beaux et propres pour un ensemencement futur. Puis la tristesse se présentait à son tour, et il parlait sans s'en rendre compte :

– Regarde ces champs, Lazare, regarde comme c'est beau et irremplaçable ! Parfois... Parfois je souhaite que ta boutique ne fonctionne pas !

À la fin du jour qui tombait tôt, une image surréaliste se découpait parfois sur un ciel sanguine. Le retour des tracteurs et des hommes.

Au village, les bonnes langues jasaient : « Il paraîtrait qu'Hippolyte ne se gêne pas avec la Louisette... » Et ces bruits avaient bien raison de courir ! Louisette vivait en permanence à la propriété, elle avait remplacé Pélagie. Il n'y avait plus qu'une servante à Bienvenue et donc qu'une femme ! Tous deux étaient veufs, encore assez jeunes, la vie un jour les avait poussés l'un vers l'autre sans y prendre garde, car ce n'était pas la beauté de Louisette... Les enfants d'Hippolyte s'en doutaient, bien que la tenue de leur père et de la servante ne les eût jamais trahis. Ils se vouvoyaient, mais s'appelaient par leur prénom.

Au retour de Toulouse, Évelyne se rendit à Bienvenue. Une grande solitude y régnait. Seules les bêtes, dans les prés maigres de novembre, égayaient les environs de leurs clarines. Hippolyte, désœuvré, traînait dans sa maison. Louisette, toujours présente et fidèle, avait débarrassé la table.

Évelyne apportait des nouvelles de Lazare. Bien qu'Hippolyte feignît l'indifférence, il buvait les paroles de la jeune fille. Lazare avait été heureux de la visite de son amie et l'avait invitée à déjeuner. Bien des sujets avaient été abordés. Elle avait même usé de son charme et Lazare ne s'en était pas offusqué. Surprise !

Quant à son affaire commerciale – ce qu'elle n'avoua pas à Deschaumes – elle lui donnait un sentiment de malaise... Aurélie et Patricia en faisaient visiblement à leur guise dans le magasin. Certaines attitudes ne trompaient pas.

– Et comment va-t-il physiquement ?

– Il va très bien, rassurez-vous. Il viendra peut-être pour Toussaint, vous verrez vous-même.

– J'espère qu'il viendra me voir, on ne sait jamais avec lui.

À la mi-novembre, Hippolyte attendait toujours la visite de son fils. Son esprit ne connaissait plus de repos. Il traita cependant des marchés de coupes de bois, comme tous les ans, et le travail ne manquerait pas durant l'hiver. Hommes, tracteurs et camions auraient bien de l'ouvrage, sans compter les travaux de la ferme, au ralenti durant la mauvaise saison.

Tout allait bien pour la propriété. Le mal était ailleurs. Au fond de son âme.

La visite du curé de Rougerie et la lettre ne quittaient pas sa mémoire. Ne rien savoir le rendait fou.

Un matin, il se rendit au presbytère. Des certitudes, il voulait des certitudes et des précisions, une libération totale si possible. « Il me dira sûrement la vérité, oui, il n'y a pas de raison d'en douter. Je lui donnerai une enveloppe bien garnie... »

L'abbé Laudrasque le reçut aimablement, mais ne put lui apporter qu'une seule précision supplémentaire.

– Vous allez être surpris : ce sont des paroissiens qui ont acheté une pendule pour leur curé qui n'en possédait pas. Ils se sont cotisés, et ils ont acheté la pendule chez un brocanteur. C'est en remontant le mécanisme que le brave curé a découvert ce que vous savez et que j'ignore, je vous l'assure. Ne sachant qu'en faire, il l'a transmis à son supérieur qui a décidé de vous confier ce papier, car il doit vous revenir, je présume. Voilà toute l'histoire.

– Connaîtriez-vous ce brave curé par hasard ? Est-il de la région ?

– Je l'ignore totalement. Quant à moi, je ne possède pas de pendule ! À mon âge, je ne supporterais pas de l'entendre sonner tous les quarts d'heure ! dit-il en souriant.

Mais il perçut l'inquiétude d'Hippolyte :

– Y aurait-il quelque chose de grave, monsieur Deschaumes ?

– Ce n'est pas si important, une vieille querelle de famille concernant le passé, dit-il. Je ne suis pas inquiet, seulement surpris que de telles plaisanteries puissent circuler. Elles auraient pu tomber en des mains peu délicates, vous savez ce que c'est, monsieur le curé. Fort heureusement il n'en a rien été, grâce au ciel !

Le curé acquiesçait en levant la main comme pour une bénédiction. Puis ils parlèrent de choses et d'autres et Deschaumes se fit reprocher l'absence aux messes auxquelles il assistait auparavant. Il trouva de bonnes excuses, puis finit par avouer que depuis la mort d'Irène...

Il quitta le curé l'esprit plus léger, la pensée presque libérée. Il avait remis quelques billets au curé qui les avait acceptés. Comme absous, voilà que le sourire lui venait aux lèvres.

Sur le chemin du retour, il pensait à Lazare qui n'était pas venu non plus pour Toussaint, contrairement à ses habitudes. « Il s'éloigne, oui, il s'éloigne de plus en plus. Il ne viendra pas à Noël, se disait-il au fond de lui. Pourquoi ne m'a-t-il jamais téléphoné ? »

Sans s'en rendre compte, il s'arrêta à la Fournial. Ernestine consultait, sans vraiment les lire, quelques magazines pour passer le temps près du cantou.

– On ne se voit plus guère, avec l'approche de l'hiver on est toujours dedans, lui dit-elle. Les journées deviennent si courtes.

– Je venais prendre de vos nouvelles et vous dire que je n'irai pas à la messe de minuit, pour Noël, comme nous avions l'habitude de le faire.

– Oh ! Ça ne me gêne pas, je me fais vieille et je serai mieux dans mon lit, sous l'édredon. Asseyez-vous un moment, vous n'êtes pas pressé ?

Il s'assit près de l'âtre, face au feu qui veillait comme la lampe du sanctuaire dans les églises. Les deux chats ne cillèrent même pas, c'est à peine s'ils l'aperçurent. Ernestine réchauffait le café.

– L'hiver commence bien tôt cette année.

– Oui, déjà les corbeaux tombent sur les champs.

– J'ai aperçu la Sophie il y a quelques semaines, celle-là ne vous oublie pas. Elle me lance un petit bonjour de temps à autre. C'est une bonne petite avec un beau métier en main. Elle pourra vous soigner un jour, au cas où la Louisette..., dit-elle avec un clin d'œil.

Hippolyte pensait à Lazare quand elle lui dit :

– Je ne l'ai pas trouvé en grande forme le Toulousain la dernière fois que je l'ai vu.

– Il travaille trop, ce n'est pas un métier pour lui, toujours enfermé.

Ils burent leur café, bavardèrent encore un instant, puis Hippolyte se leva.

– Il faut que je rentre. Tenez-vous bien au chaud. Merci de votre accueil.

À Bienvenue, Louisette l'attendait. Il n'avait pas envie de parler. Il était moins heureux qu'il l'eût souhaité.

L'année s'acheva ainsi. Les cartes postales apportèrent les vœux des trois enfants, et déjà février faisait chuter les températures. Christine annonçait à son père la venue prochaine de jumeaux, les premiers petits-enfants d'Hippolyte. Il n'eut que ces mots : « Il était grand temps ! »

« Si au moins ils étaient à moi et si c'étaient des garçons... ! » pensa-t-il. Lui vint alors une idée et il se demanda pourquoi il ne l'avait pas eue plus tôt. Louisette et lui auraient pu avoir des enfants, elle avait cinq ans de moins que lui, un mariage aurait peut-être tout arrangé.

« Je vais devenir fou à force de réfléchir, qui va hériter de tous ces biens ? »

Un soir il demanda à Louisette si son fils n'était pas intéressé pour venir travailler à Bienvenue. Bien trop heureuse, elle lui écrivit avec précaution car ce fils ne l'aimait pas beaucoup, il lui reprochait ses relations avec Deschaumes.

La réponse négative ne se fit point attendre. L'élevage ne l'attirait pas et il avait d'autres ambitions dans le Midi. Il fallut se rendre à l'évidence. Pas de successeur pour Bienvenue.

Mais Hippolyte Deschaumes ne désarmait pas.

Le printemps était venu. Après les giboulées de mars, le soleil neuf réchauffait la nature gorgée d'eau. Tout se préparait à la vie, toutes les nuances de vert étoffaient les taillis, les sous-bois et les haies.

En ce début avril, comme il le faisait depuis des siècles, le coucou donnait ses deux notes en restant invisible, à l'abri de la canopée auvergnate.

Lorsque Sophie arriva à Bienvenue, à la mi-mai, son père sut que quelque chose clochait.

Elle l'invita à une promenade dans ses terres, situation qu'il aimait particulièrement. Ils prirent le chemin qui débute au champ d'en haut, longe la noiseraie, rejoint le pré carré et traverse le taillis d'Adrienne – appelé ainsi en souvenir d'une arrière-grand-mère qui l'avait obtenu de haute lutte – et se dirige vers le ruisseau. Elle parlait à peine.

– Que se passe-t-il, ma fille ? réussit à dire Hippolyte.

Ils s'approchèrent du ruisseau et s'assirent sur de larges pierres dominant les eaux de saison, folles et bondissantes.

– On traînait toujours par ici, avec Lazare, dit-elle.

Il vit la tristesse envahir ses yeux.

– C'est de lui que je voudrais te parler, papa.

L'inquiétude le glaçait. Il n'osait parler, il attendait le coup.

– Lazare ne va pas bien, papa. Il a passé une triste période. Le médecin a ordonné des analyses qui ont révélé une mauvaise maladie.

Le regard d'Hippolyte fuyait vers les eaux qui bouillonnaient de leur folle jeunesse.

– Tu as bien compris, papa ?

– Sophie, qu'est-ce que tu veux me dire ? Dis-moi la vérité toute simple, je t'en prie ! Que se passe-t-il ?

– Son foie est gravement atteint et il est sous traitement à l'hôpital, un puissant traitement. Une affaire ancienne, enfin...

– C'est quand même pas un cancer ?

Elle répondit affirmativement, par un mouvement de tête. Après quelques secondes, elle ajouta :

– Il y a des traitements extraordinaires aujourd'hui, rien n'est perdu, faut pas désespérer.

– Un cancer, c'est bien ce que tu es venue me dire, mon fils est atteint d'un cancer !

Hippolyte se tenait immobile, les yeux fiers, prisonnier, comme mis aux fers.

Ce que ne pouvait dire Sophie, c'était l'emprise réelle du mal sur le foie de son frère : Inopérable, sans issue.

Elle s'approcha de lui et entoura ses épaules de son bras, sans rien dire. Il ressentit la douceur de ce geste. Puis la voix de sa fille, à nouveau :

– Il y a un autre problème, papa, un autre gros problème.

Il se tourna vers elle :

– Que peut-il y avoir de pire ?

– Son affaire n'est pas au mieux. Les résultats ne sont pas ceux qu'il espérait. D'autre part, les inventaires ont révélé une démarque inconnue dépassant la norme admise en pareil cas.

– C'est quoi la démarque inconnue ?

– Un terme comptable qui désigne les marchandises manquantes à l'inventaire, des vols si tu préfères. Il avait remarqué des erreurs de caisse importantes, enfin tu vois, rien de bon... en plus de son état.

Hippolyte réfléchissait. Son regard venait de changer. Quelque chose de dur venait de naître dans sa douleur.

– Je n'ai jamais eu confiance en cette Aurélie, tu sais, jamais ! J'aimerais me tromper, mais... Il y a des regards qui trahissent le comportement des gens. Lazare est trop faible pour commander, je le sais, il est comme ça depuis toujours. D'autre part, il est associé à quelqu'un que je ne connais pas, un nommé Jeff.

Son visage se ferma.

– Où est Lazare en ce moment ?

– À l'hôpital de Toulouse, on le soigne, rassure-toi. Il y aura des périodes où il devra être hospitalisé, c'est le traitement de sa maladie qui l'exige.

– Mon Dieu, pourquoi lui ? Peut-être n'ai-je pas assez...

Elle l'interrompit :

– Ce n'est pas ta faute, papa. Tu n'es responsable de rien, il ne faut pas culpabiliser.

– Ta sœur le sait ?

– Oui, on le sait tous.

– Il n'y avait que moi qui l'ignorais. C'est souvent comme ça, pas vrai ? Vous vouliez me protéger...

Sophie déposa un baiser sur sa joue pour toute réponse. Hippolyte souffrait dans ses entrailles, blessé à mort.

– Que peut-on faire ?

– Tu vas avoir de mauvaises nouvelles des banques, il faut t'y attendre. Ceux-là ne sont pas tendres et ils se moquent bien de...

– Je ferai ce qu'il faut pour Lazare, mais pour lui seul. Il est trop faible avec les gens. Lorsqu'il m'a raconté son stage de formation, il était marqué par la dureté des responsables. Il voulait diriger autrement, avec sa manière à lui, sa gentillesse. Je sais ce qui l'a perdu. Lazare est influençable, trop gentil, ta mère me le disait, trop sensible.

Le père et la fille revenaient vers Bienvenue. Dans leur marche, leurs épaules se touchaient parfois et Hippolyte, celui qui décidait de tout, recevait cette sensation avec un sentiment presque inconnu. Brusquement il s'immobilisa.

– Penses-tu qu'Évelyne le sache ?

– Oui, papa, elle le sait. Nous en avons parlé longuement.

– La vie n'est jamais simple, prends garde à toi aussi.

– Que vas-tu faire, papa ?

– Je vais aller le voir et parler de ses affaires. Pour sa maladie, hélas, je ne peux rien. Ce sera mon deuxième voyage à Toulouse. Décidément, cette ville ne nous porte pas bonheur. Mais je veux qu'il puisse s'en sortir ! Il le faut ! Mon fils ne mérite pas ça !

– Veux-tu que je t'accompagne ?

– Ne te fais aucun souci, je ne me perdrai pas. Tu es brave de m'avoir parlé ainsi, Sophie. Ce ne sont pas des choses faciles à apprendre à son père.

Deux jours plus tard, Hippolyte se rendit à l'hôpital de Toulouse. Lazare n'était pas prévenu de cette visite, et en voyant son père il redouta la suite. Mais Hippolyte se montra prévenant, attentif.

– Je sais ce que tu as, Lazare. Désormais rien ne

compte plus que ta santé. Veux-tu venir quelques jours à Bienvenue, le temps de te remettre sur pied ?

– Tout va bien maintenant, je sors demain et je vais bien. Et puis, au magasin ils ont besoin de moi, il y a de quoi faire.

– Oui, je sais que cette boutique te prend beaucoup de temps. Ça va comme tu veux ?

Lazare hésitait, ne sachant comment présenter la situation.

– Tu sais, il y a des hauts et des bas dans le commerce, c'est un peu difficile en ce moment. Pour ne rien te cacher, il y a même quelques soucis.

– Je représente ta caution, je dois réagir en cas de besoin, sinon, je ne servirais à rien, mon fils, se força-t-il à dire en souriant.

Lazare détourna le regard.

– Tu as toujours ce Jeff comme associé ?

– Nous faisons partie d'un groupement d'achats, mais il n'a rien à voir dans mes affaires. Quant à mon équipe, je vais devoir supprimer un poste, il y a trop de charges pour le compte d'exploitation.

À demi rassuré, Hippolyte aurait voulu lui crier : tu fais trop confiance à cette fille, cette Aurélie, mais face à cet homme affaibli, il dit : « C'est certainement ce qu'il y a de mieux à faire ! J'ai confiance en toi ! »

Puis l'Auvergnat de Bienvenue, en jodhpurs, veste de velours côtelé et chapeau de cuir, se rendit le soir même près du magasin de Lazare. Non pour se montrer, bien au contraire. Il choisit une place dans un café d'où il pouvait apercevoir la porte de la boutique, et commanda une consommation. Il consultait de temps à autre sa montre, vérifiait l'heure de fermeture pratiquée en l'absence du directeur. Quand le chat n'est pas là... Il attendit, soulagé que Jeff ne fût pas dans l'affaire, mais il y avait cette Aurélie...

Le mois d'avril allongeait les jours et le climat, en cette ville, paraissait plus doux qu'à Bienvenue. Les rues s'égayaient encore de nombreux promeneurs.

Soudain il vit Aurélie qui fermait boutique en compagnie d'une jeune femme, sans doute la vendeuse, Patricia. Après l'avoir quittée, Aurélie se dirigea vers le café où attendait Hippolyte. Il se détourna, craignant d'être reconnu. Elle entra. Un homme alla à sa rencontre et malgré la distance qui les séparait, Hippolyte Deschaumes entendit :

– T'as ce qu'il faut ?

– Je l'ai reçu ce matin. Attends-moi, je reviens tout de suite.

– On peut remettre à demain si tu préfères ?

– Demain ce serait plus risqué, il revient et il sera sûrement là à la fermeture.

Aurélie retourna dans son magasin et en ressortit avec un grand sac, une housse à vêtement contenant quelque chose d'assez volumineux. Revenant au café, elle s'approcha de l'autre homme qui patientait :

– T'as la somme convenue ? Je te rappelle que c'est de la marque !

– À ce prix-là, ça me convient, et de plus, c'est de la nouveauté ! À ce tarif, je reviens tous les mois.

– Je dois arrêter, ça commence à paraître louche. On va installer des antivols partout. Heureusement qu'il est un peu naïf...

Échange de billets contre vêtements dérobés. Hippolyte avait compris. Il bouillait de rage. Soudain il se leva brusquement et se dirigea droit sur Aurélie.

– Je pourrais avoir un costume, moi aussi, à petit prix ? J'ai tout entendu.

Sous le regard d'Hippolyte qu'elle venait de reconnaître, elle devint blême. Ses yeux tentaient de repérer une issue tandis que son acolyte déguerpissait.

– Assieds-toi là, ordonna Hippolyte en la saisissant vigoureusement par le bras. Nous allons régler le problème sur-le-champ !

Elle tomba brutalement sur sa chaise pendant que Deschaumes demandait une feuille de papier et une enveloppe au garçon de salle.

– Arrange-toi comme tu peux, mais je veux ta démission immédiatement. Mentionne aussi que tu lui as emprunté beaucoup de marchandises et que tu ne peux pas les lui rendre. Il comprendra malgré sa naïveté ! Quant à vos histoires personnelles, démerde-toi ! J'attends.

Elle obéissait. Hippolyte lut la lettre.

– J'aurais pensé que tu te défendrais un peu plus. Complète l'adresse sur l'enveloppe, je me charge de la poster moi-même et sans tarder. Encore un mot : si tu fais la moindre difficulté je te retrouverai, et là..., dit-il en passant le tranchant de sa main sur son cou. Aurélie tremblait. Et crois-moi, je le ferai avec plaisir, ajouta-t-il.

Lorsque Aurélie eut quitté la place, il glissa la lettre dans l'enveloppe et la déposa dans la première boîte aux lettres qu'il rencontra.

Le crépuscule finissait lorsqu'il reprit sa voiture. Il refusa de souper, pressé de rentrer à Bienvenue, enfin chez lui. Peut-être aurait-il pu dormir à Toulouse ? Mais la colère le prenait tout entier, le poussait à ce retour. « Quelle salope ! répétait-il. La démarque inconnue, tu parles ! Trahi par son amie ! »

La route fut longue, mais Hippolyte, du fond de sa colère, venait d'éclairer le chemin.

Maintenant, il faudrait aider Lazare.

Avant de s'endormir pour un reste de nuit très court, il eut soudain un sourire, le premier depuis des heures. « Dans mon emportement, je crois bien que j'ai tutoyé cette bonne femme ! »

Dans les jours qui suivirent, Aurélie et Lazare se séparèrent, affectivement et commercialement. L'incident n'aboutit pas devant les tribunaux. Mais Lazare souffrit de cette rupture, rupture qui lui était tombée dessus comme une bombe, sans prévenir.

10

Afin de concrétiser un nouveau départ qu'il voulait solide, étayé, Hippolyte reconstitua la trésorerie de Lazare, il le pouvait, il le devait. Ses liquidités étaient insuffisantes, aussi vendit-il un pré et un champ à son voisin.

Les jumelles naquirent fin juin. En bonne santé.

Tout semblait retrouver un certain équilibre, enfin. À Chapelou, l'équipe de Bienvenue avait remplacé les géraniums gelés, et ce jardin qu'on aurait pu qualifier d'extraordinaire, comme le chantait Charles Trenet, avait retrouvé vie et couleurs d'autrefois.

Lazare annonça sa venue pour l'avant-dernière semaine d'août, et son père n'avait plus aucune raison de douter. Malgré l'épée de Damoclès qui menaçait la vie de son fils, il dépensait une énergie surprenante dans son travail. Il voulait oublier et forcer le destin.

Évelyne savait que Lazare allait un peu mieux,

Sophie lui donnait des nouvelles régulières. Elle fut très heureuse d'apprendre sa venue fin août, et seul.

Christine décida de baptiser ses enfants l'avant-dernier dimanche d'août. Hippolyte Deschaumes réunirait toute la famille à Bienvenue.

Lazare avait choisi de loger chez lui, à Chapelou, qu'il améliorait à son goût.

Il y eut une fête dans cette petite maison, ou plutôt autour de la maison, la veille du baptême. Sophie avait invité son ami. Évelyne comptait parmi les invités, et l'infatigable père Deschaumes y voyait déjà le bon augure. Une réunion de famille, en somme ! Personne ne vit l'étincelle dans les yeux d'Hippolyte.

Tous trinquèrent à l'affection, au bonheur qui les réunissaient.

Le lendemain eut lieu le baptême en l'église de Rougerie. Lorsque les cloches carillonnèrent, le cœur d'Hippolyte se serra. Près des fonts baptismaux, il manquait Irène. L'abbé Laudrasque officiait. Il ne demeurait aucune trace du secret.

À Bienvenue, sous le grand tilleul, la table dressée par les filles et Louisette attisait toutes les gourmandises. Hippolyte, oubliant ses soucis, assurait son nouveau rôle de grand-père du mieux qu'il pouvait. Il observait Évelyne d'un regard bienveillant. « Elle seule peut sauver Lazare », pensait-il.

Les rires, les conversations, les exclamations s'entrecroisaient au-dessus de la table tandis qu'une brise légère s'invitait à la ferme. Les surprises et mijotés de Louisette déclenchaient des salves d'applaudissements. En quelques instants, Bienvenue était devenu le meilleur endroit du monde !

Pour partager le dessert et le café, Sophie alla chercher Ernestine. Un petit geste apprécié dans l'isolement de cette femme.

Elle ne cessait de détailler Lazare, et au bord des larmes, finissait par lui trouver une ressemblance avec sa fille. Puis elle se ressaisissait, et devait admettre que le chagrin lui jouait des tours.

Bienvenue avait retrouvé son calme. Lazare bavardait avec son père, dans une ambiance nouvelle : la paix.

– J'ai appris que tu avais vendu des parcelles pour renflouer mon affaire, dit-il en observant l'horizon barré par la silhouette de la scierie.

– Bah, tôt ou tard, la terre sera vendue de toute manière, et puis je me suis séparé de celles qui ne valaient rien...

Lazare savait qu'il mentait. Il ne releva pas.

– Je vais embaucher un second au magasin, un homme de métier.

Sur l'instant, Hippolyte eut envie de lui crier : « Attention ! »

– C'est quelqu'un de sérieux, marié, un enfant. Rassure-toi, je mûris. La vendeuse arrête le mois prochain, ça renouvellera l'équipe, il faut du sang neuf !

– Tu me fais plaisir, oui, tu me fais plaisir. Mais pense surtout à ta santé. On se fait tous du souci, même Évelyne.

– Je suis désolé de vous ennuyer avec tout ça. Je me soigne, papa, je me soigne du mieux que je peux. Je veux guérir de cette saloperie mais elle est coriace. Évelyne m'aide beaucoup, je le reconnais. Puis en riant : Elle est mignonne cette fille, oui, très mignonne.

Hippolyte s'empressa de dissimuler l'éclair de son regard.

Si l'automne ne se percevait guère dans les rues de Toulouse, à Bienvenue il marquait déjà la nature. Pour la préparer sans doute aux rudesses de l'hiver. Les gens de la terre perçoivent instinctivement ces changements qui modulent leur vie, leur ouvrage. Ici chaque saison a une importance capitale.

Campé sur le seuil de sa porte, Hippolyte s'adressa à Louisette :

– Une autre année de passée. Vous êtes toujours là, vous ne m'avez pas abandonné.

Elle baissa les yeux.

– On aurait pu se marier tous les deux, on pourrait toujours, d'ailleurs, continua-t-il.

– Ne dites pas des choses pareilles ! Vous avez des

enfants qui ne l'admettraient certainement pas ! Et puis nous deux, on a passé l'âge.

– Bah... Ça ne nous empêche pas de coucher ensemble chaque fois qu'on en a envie, après tout, c'est pas si mal, dit-il avec un sourire malicieux.

– Hippolyte, voyons ! dit-elle, gênée.

Tous deux rentrèrent dans la maison. Soudain il s'arrêta devant le fusil pendu à son éternelle place.

– Je vais me remettre à chasser, ça me changera les idées.

– Tous les ans vous dites la même chose, mais vous n'en faites rien. La besogne vous tient du matin au soir. Si ce n'est pas à la ferme, c'est à la scierie, à visiter vos clients pour le bois, que sais-je encore. Vous ne tenez pas en place, c'est Lazare qui vous donne tous ces soucis.

– Celui-là...

Il savait que la maladie du fils ne lui permettrait pas de vivre une vieillesse sereine. Il suivait les émissions, les articles de journaux qui parlaient de ces malades, de cas particuliers, et il espérait follement l'arrivée d'un médicament, d'un traitement miracle.

Alors il fallait vivre avec l'espoir de garder Lazare le plus longtemps possible, et lui éviter tout souci de finance. C'est tout ce qu'il pouvait faire.

Ce jour-là, ainsi qu'il l'avait dit à Louisette, il décida de nettoyer une fois de plus son arme de chasse. Démontage, nettoyage, graissage, bref ! Tout le nécessaire en matière de préparation. Subitement, penché sur son ouvrage, il dit à Louisette :

– Je me souviens d'avoir emmené Lazare à la chasse, il devait avoir une douzaine d'années. Nous étions allés aux palombes. Quelle joie de partir, quelle impatience d'attendre, attendre encore le passage sur nos têtes des oiseaux ! Nous chassions aussi les merles, les grives à la carabine. Puis Lazare n'a plus aimé ça, il disait que c'était une tuerie de ces créatures sans défense. Je me souviens de la dernière fois, il n'a pas pu ramasser un oiseau en sang. Je m'étais moqué de lui, mais ça ne l'a pas fait changer d'avis. Nous ne sommes plus jamais allés chasser ensemble. Pauvre Lazare !

Plus les jours passaient, plus la peur terrible, obsessionnelle, de perdre son fils le dévorait. Alors lui revenait en mémoire ce terrible jour de février 1956. Le souvenir de ces deux nouveau-nés, la présence d'Irène, d'Angéla, de Pélagie. Le geste terrible.

Dieu, là-haut, avait certainement pardonné à Pélagie. Mais lui, habité chaque jour davantage par ce souvenir, que deviendrait-il ? Il se demandait s'il tiendrait jusqu'au bout, jusqu'à sa mort. Parfois il en doutait, parfois il réagissait brutalement contre ce doute, et la question revenait : « Pourrai-je tenir jusqu'au bout ? »

Et Ernestine ? Le destin tronqué d'Ernestine ? Plongée dans une solitude extrême, vivant à la Fournial, elle qui le saluait lorsqu'ils se rencontraient, qui lui demandait toujours des nouvelles de ses filles, de Lazare, avec cet instinct de mère qu'elle avait été.

Hippolyte se préparait, il en était sûr, une vieillesse faite de tourments.

Le printemps 1984 éclatait en fleurs dans les fruitiers. On avait ressorti des étables les bêtes fatiguées de consommer du foin sec, et qui se hâtaient vers les herbes nouvelles dont elles avaient été si longtemps privées. Cette atmosphère neuve, virginale, ragaillardissait bêtes et gens sous un soleil encore tiède, mais qui savait la manière d'ouvrir les fleurs de pissenlits et les pâquerettes par millions.

Les filles et petites-filles d'Hippolyte avaient promis de venir pour la messe des rameaux. De la joie dans la maison en perspective, à la fausse note près que Lazare ne viendrait pas. Sophie avait pris son père à part, avec un air mystérieux.

– Lazare a une nouvelle amie et ne désire pas l'emmener ici, elle ne te plairait pas, m'a-t-il dit. Ne te fâche pas, tout s'arrangera...

Hippolyte ne dit pas un mot, mais poussa le plus profond soupir de sa vie.

– Alors cette fois, c'est fini, il ne reviendra plus !

C'est à partir de ce jour que Hippolyte changea de comportement vis-à-vis de Lazare. Ayant fait ce qu'il pensait être le maximum pour lui, il tenta cette fois de le supprimer de sa pensée. C'en était trop !

Pour oublier, il travaillait comme un forcené dans sa propriété. De l'aube au crépuscule. « Je ne peux faire autrement, et cependant je ne sais même pas pour qui je travaille ! Un comble pour un homme de la terre, oui, un comble ! Mais il ne sera pas dit que je me serai arrêté comme un fainéant ! »

Il devint dur envers le personnel et Louisette dut parfois le refréner.

– Ça ne peut plus durer comme ça ! Si vous ne changez pas, si vous n'arrangez pas votre caractère, eh bien je m'en irai ! Vous serez si seul que vous ne survivrez pas !

En entendant ces mots dans la bouche de Louisette, il quitta la maison et disparut dans la nature. Et si elle disait vrai ? Que deviendrait-il ? Seul à Bienvenue. Il ne pouvait s'en prendre qu'à lui-même. Durci par l'orgueil !

La nuit se faisait bien noire lorsqu'il rentra, épuisé. Il avait parcouru toutes ses terres, y compris celles qu'il avait cédées à son voisin en se disant : « Un jour, nous les rachèterons ! » Il tomba dans son lit telle une masse.

Lazare se rendait à Paris pour ses achats au minimum deux fois par an. Collection de printemps et collection d'hiver. Il en profita pour rencontrer Évelyne Pradine, en ce début juillet. Bien que son emploi du temps fût assez chargé, elle s'arrangea et négocia une soirée pour son cher Lazare.

Elle ne put s'empêcher de le lui demander :

– Tu es vraiment seul ?

– Je ne viens pas faire mes achats avec mon équipe. Tu as l'air étonnée ?

– Tu n'es pas avec ton amie ?

– Je n'ai plus d'amie, comme tu dis. J'ai dû inventer ce prétexte pour ne pas venir à Bienvenue, j'étais très fatigué à ce moment-là. Tu sais ce que j'ai, alors parfois...

– N'en parlons plus, excuse-moi, je n'ai pu m'en empêcher...

– Tu ne changeras donc jamais ?

– Va savoir !

Ils rirent ensemble de leur complicité, de leur chaleureuse confiance.

Mais à mesure que le temps passait, Évelyne devait maîtriser son angoisse, masquer ses craintes devant ce visage qu'elle aimait et où se lisait un destin inéluctable.

– Ton affaire va comme tu veux ?

– Tant que je pourrai, je tiendrai ; après, à la grâce de Dieu ! Je vais essayer de vivre le mieux possible pendant ce sursis, ne t'en fais pas, on se verra souvent... et puis les miracles, ça existe !

– Tu as bien dit « souvent » ?

– Oui, Évelyne, le plus souvent possible. Je crois que je change, cette putain de maladie m'a fait réfléchir, et je pense souvent à toi, je dois te l'avouer.

Elle ne sut que répondre, en alerte soudain. Que voulait-il dire ? Elle lui prit la main, sachant très bien qu'il ne le ferait pas.

– Attention, ne crains-tu pas que...

Elle l'interrompit.

– Je vais pouvoir m'occuper de toi, enfin ! Nous avons perdu trop de temps, dit-elle en le dévorant du regard.

– Tu sais bien que nous ne pourrons pas... sois raisonnable, Évelyne. Je n'ai plus rien à t'offrir.

– Je n'ai plus envie d'être raisonnable, je t'aime depuis toujours.

Il la regarda comme il ne l'avait jamais fait. Pourquoi n'avait-il jamais remarqué ses yeux sombres et troublants ? Ses cheveux souples qui s'accordaient au souffle du vent ? Son minois de poupée au sourire lumineux comme le jour ?

Il entendit alors, en une fraction de seconde, le discours de la vieille Rolande. Il se rappela sa promesse... Il avait onze ans.

Il revint au présent, chahuté par un trouble profond.

Il caressait toujours cette main qui lui transmettait sa tiédeur, son impatience, sa vie.

– Évelyne, je ne sais pas ce qui m'arrive, mais tu me plais, je ne pensais pas que ça arriverait un jour. Tu es si belle !

Une onde de bonheur noya Évelyne. L'impensable se réalisait, avec simplicité. Elle n'avait plus envie de se contenir, elle chuchota :

– Les baisers ne sont pas contagieux...

Lazare découvrit la douceur de ses lèvres, et une étrange passion montait en lui, inconnue, puissante. Il n'avait jamais embrassé de fille qui lui ait offert tant d'émotion.

La soirée se termina dans la chambre d'Évelyne et ils se confondirent dans une magie charnelle qui n'appartient qu'à l'amour.

Il rapporta à Toulouse, dans son attaché-case, tous les documents de la collection, les figurines et les photos, les sélections, les cahiers d'achats budgétisés, mais surtout une folle passion. Évelyne Pradine l'avait donc ensorcelé ? Le monde ne se doutait encore de rien, mais le jeune Deschaumes savait qu'à partir de ce jour, un soleil nouveau réchaufferait sa vie. Sa pensée se tourna alors vers son père... Que de temps perdu ! se dit-il. Et de démêler dans sa tête l'écheveau de sa vie, une fois encore, avec les regrets de l'avoir peut-être mal conduite.

Évelyne et Lazare se téléphonaient souvent. Ils décidèrent de passer quelques jours de vacances ensemble à Chapelou.

Lorsque Hippolyte Deschaumes apprit la nouvelle, il n'osa y croire. Il s'intima l'ordre de se calmer, de ne pas s'emballer, ça fait trop mal. La seconde suivante il se disait qu'il avait bien fait de tout accepter de ce fils – pas de bon gré certes – parce qu'un nouvel espoir naissait enfin ! La médecine ferait le reste quant à sa maladie, il en était persuadé envers et contre les recommandations de Sophie qui connaissait les problèmes de ce terrible mal...

Hippolyte voulut reprendre espoir une fois encore et y parvint ! Il portait la joie sur son visage, et lorsqu'il regardait les reportages sur les jeux Olympiques de Los Angeles, il devenait moins exigeant quant aux résultats. Une autre compétition l'obsédait davantage, celle de ramener son fils sur ses terres. Et en bonne santé.

Au milieu de la nuit, le maître de Bienvenue ressortait des tiroirs ses projets en sommeil et les étalait sur la table. Il les caressait du regard, il ronronnait du plaisir de vivre encore.

La douche froide s'appelait Louisette.

– Vous vous faites des illusions si vous croyez que le Lazare voudra revenir à la ferme ! C'est pas de l'ouvrage pour lui ! disait-elle comme on reproche une bêtise à un gamin.

Les yeux d'Hippolyte riaient de la bonne blague qui allait mettre tout le monde sur ses fesses.

– Nous verrons bien cet été, nous verrons bien ! La petite Pradine, c'est quelqu'un, et l'amour aussi c'est quelqu'un !

– Ben, ça m'étonnerait ben ! répondait-elle dans son patois et en tournant les talons.

Les semaines passaient, les récoltes de fourrage et de blé se déroulaient au rythme du soleil. La pluie seule pouvait interrompre les gestes de la moisson, mais il n'en fut rien, à la satisfaction de tous les paysans.

Le jardin de Chapelou, bien entretenu – mieux encore que les années précédentes – donnait à plein, fleurs et légumes.

À Toulouse, le commerce de Lazare obtenait d'excellents résultats. La nouvelle équipe, avec son adjoint Charles Vintière, réalisait un chiffre d'affaires remarquable. Pourtant, Lazare devenait de plus en plus soucieux. Il prenait soudain conscience que sa vie pouvait devenir plus belle avec Évelyne, mais ses projets d'avenir butaient contre le terrible obstacle de sa maladie.

Le 20 août, Lazare déposait ses bagages à Chapelou, son domaine.

Hippolyte Deschaumes vint aussitôt, comme prévenu par un mystérieux appel.

– Je ne serai peut-être pas seul, papa.

– J'aimerais avoir ton âge et cette liberté que vous avez aujourd'hui ! La petite Évelyne me convient parfaitement. Oh ! Je n'ai pas à me mêler de ta vie, bien sûr, mais il fallait bien que je te le dise !

Et ceci, et cela, intarissable ! Heureux comme un enfant, le père Deschaumes !

Lazare riait et son père sentait venir des larmes qu'il n'attendait pas.

– Dis donc, papa, tu sais beaucoup de choses, il me semble ?

Alors il changea de sujet.

– Bien, tu as sans doute oublié comme on est bien au pays ! Dans quelques jours, tu comprendras. Vous pourrez venir tous les jours à Bienvenue. Si vous le voulez, bien sûr...

– Je te raccompagne un bout de chemin, dit Lazare.

Hippolyte songeait : « Si Lazare consacre autant de travail et de passion pour Bienvenue qu'il en a manifesté pour son affaire de Toulouse, la prospérité est assurée ! »

Parce qu'au fond de lui-même Hippolyte admirait la manière et l'habileté du Toulousain dans son entreprise. D'ores et déjà convaincu des capacités du jeune homme, il ne manquait plus qu'à lui insuffler la motivation. Et là, pour la première fois, il aurait de l'aide.

Alors que tous deux marchaient sans presse, dans un chemin qui partageait deux parcelles, ils s'assirent sur le talus. Hippolyte parlait de son grand-père qui avait travaillé et sué sur les terres familiales. Lazare écoutait tout en dessinant sur la terre poussiéreuse quelques figures incompréhensibles à l'aide d'une branchette de noisetier.

Hippolyte lui racontait l'adjonction de la scierie qui appartenait autrefois à la famille d'Irène.

11

Hippolyte se frottait les mains. En chantonnant, il rejoignait sa propriété accompagné de son nouveau chien, Fidélien. Son œil parcourait la campagne lorsqu'un petit nuage traversa sa pensée : la lettre de Pélagie. Il le chassa violemment comme on brise une ronce qui bloque le passage.

Évelyne arriva le lendemain. Chapelou, au milieu de son jardin clos d'un mur de pierres sèches si ancien qu'on ne pouvait lui donner d'âge – ce qui faisait son charme – eut deux habitants. Parfois deux visages à la fenêtre, parfois deux silhouettes se dessinant dans l'embrasure de la porte, sur le petit perron, ou visitant le jardin avec étonnement et ravissement.

Évelyne et Lazare vivaient leur histoire d'amour dans la petite maison de la vieille Pélagie. Leur refuge.

Hippolyte tentait bien de les attirer à Bienvenue, mais les tentatives restaient vaines, et toujours renouvelées.

– Venez donc demain, Louisette vous préparera sa spécialité.

– Les pommes Jeannette ! s'écria Lazare, ça ne se refuse pas. Puis, s'adressant à Évelyne : Je suis sûr que tu ne connais pas...

– Elle vous donnera certainement la recette, c'est peut-être pas extraordinaire, mais quand on connaît..., ajouta Hippolyte.

Le lendemain, pendant que Lazare et son père discutaient sur l'hypothétique modernisation de la scierie, Louisette préparait ses fameuses pommes de terre farcies en compagnie d'Évelyne.

– Pourquoi appelle-t-on ce plat pommes Jeannette ?

– En souvenir d'une amie qui me l'avait enseigné et qui depuis a quitté le pays pour la Haute-Savoie. Chaque fois que je le réalise, je pense à elle, vous voyez, ce n'est pas un secret d'État.

– J'aimerais apprendre, s'il vous plaît.

Et Louisette, heureuse de transmettre à une professionnelle de la cuisine une petite recette, entreprit sa démonstration.

– Pour quatre personnes, comptez une cuisson de quarante-cinq minutes et tout juste un quart d'heure de préparation. Les ingrédients : une petite tranche de lard maigre, un oignon, du persil, trois côtes de blette, trois œufs, sel et poivre, un verre d'eau, un sachet de levure, une dizaine de pommes de terre moyennes, un verre de farine.

Louisette prenait un plaisir visible à expliquer tout en travaillant et Évelyne observait scrupuleusement.

– Pour la farce, hacher ensemble : lard, oignon, côtes de blette. Ajouter les œufs, sel, poivre, eau et levure. Bien malaxer et laisser reposer vingt minutes au moins, la farce doit être molle et onctueuse.

À ce moment précis, Louisette se dirigea vers le placard d'où elle sortit un flacon enveloppé d'une page de journal.

– Ça, c'est mon secret, dit-elle en versant une cuillerée à soupe du contenu sur la farce. Puis, s'approchant tout près d'Évelyne, elle lui dit quelques mots à l'oreille qui la firent sourire. Déjà une connivence !

Elle continuait tout en travaillant.

– Il faut faire chauffer la cocotte avec de l'huile, à feu vif. Peler et évider les pommes de terre en conservant les copeaux dans une assiette. Les garnir avec la farce et les déposer dans la cocotte, face contre le fond, très important. La farce doit dorer et devenir croustillante. Vous retournez les pommes au bout de quelques minutes, farce dorée dessus. Saler de nouveau légèrement.

Évelyne acquiesçait de la tête.

– Maintenant, vous éparpillez sur l'ensemble les brisures, les copeaux que vous avez conservés. Parsemez la farce qui vous reste, salez et couvrez.

Une petite demi-heure s'était écoulée.

– Goûtez de temps en temps et rectifiez l'assaisonnement. Bien remuer pour éviter les amalgames. Vous voyez, c'est tout simple...

– Ça sent merveilleusement bon, et de plus, c'est très beau.

– Vous verrez les hommes tout à l'heure, ils apprécieront tous, je peux vous l'assurer.

Évelyne était conquise.

Le repas fut délicieux, Louisette discrète, comme à son habitude.

– Nous reviendrons le jour de la fête de Rougerie, promirent les jeunes.

– Tout le monde sera là, Louisette nous fera un bon repas, ce sera comme avant, avec les filles.

Voilà qui ravissait Deschaumes.

Lazare et Évelyne ne sortaient guère de Chapelou, si ce n'était pour s'approvisionner en nourriture. Le jardin fournissait les légumes d'été et les meilleurs carrés de soleil pour se dorer à loisir. Tous deux se demandaient alors comment ils avaient pu se passer l'un de l'autre pendant si longtemps.

Lazare lui confia ses chamailleries avec son père pour la succession du domaine, son acharnement à vouloir le ramener à Bienvenue.

– Il n'avait que cette idée en tête.

Évelyne souriait. Elle savait.

– Maintenant on en parle moins, c'est même surprenant, conclut Lazare.

Le jour de la fête à Rougerie arriva, et le bourg, paré de guirlandes et de musique, semblait ne pas avoir vieilli.

– Voilà plus de dix ans que je n'ai pas assisté à la fête de notre commune, dit Lazare, je n'ose y croire, plus de dix ans... !

– Rien n'a pourtant changé, regarde la fanfare est toujours suivie des enfants, juste un peu moins nombreux, mais à peine. On la suit jusqu'à l'église ?

– Chiche !

– Chiche !

Même atmosphère, mêmes frissons, mêmes émotions ! Avec en plus les paires d'yeux qui les suivaient, les observaient. Ils le savaient. Le père Deschaumes, dans sa tenue de maître, était présent, ainsi que Louisette qui avait lâché ses fourneaux un court moment, Sophie et son ami, Christine avec les siens et les jumelles et, plus en arrière, on pouvait deviner Ernestine tout de sombre vêtue, comme à son habitude, arrivant en retard.

Le curé Laudrasque remarqua cette réunion familiale et la salua.

Derrière eux, on entendit quelques voix mesquines : « T'as vu le Toulousain, il sort maintenant avec l'Évelyne Pradine ! » D'autres enfin, se croyant plus intelligents, lui glissaient un clin d'œil.

Lazare feignait d'être sourd et aveugle et s'amusait de ces provocations sympathiques.

Une toute nouvelle et fringante fanfare, la Ganelette, redescendait la rue principale. Les musiciens vêtus de blanc, une large écharpe rouge à la ceinture, avaient fière allure. L'ampleur de leur musique, tambours, grosse caisse et clairons, éclaboussait l'espace. Une haie d'honneur enthousiaste suivait les musiciens qui marchaient au pas si élégamment.

Ernestine s'approcha du jeune couple, salua et complimenta Lazare.

– Vous êtes bien à Chapelou, ça fait de la vie dans le pays, c'est agréable.

Puis elle se retira avec son mince sourire.

Dès la sortie de la messe, le groupe rejoignit Bienvenue.

La table attendait sous le tilleul, comme le jour du baptême des jumelles. Cela ressemblait aux ripailles des journées de battage, les grands repas des journaliers venus œuvrer. Lazare se souvenait de ces jours, lorsqu'il avait douze ans environ. Depuis, les moissonneuses-batteuses avaient changé tout cela et modifié les traditions. Les moissons ne nécessitaient plus de personnel, deux ou trois hommes, guère davantage.

Les filles Deschaumes ainsi qu'Évelyne aidaient Louisette. Hippolyte régnait en maître sur ce monde dont, aujourd'hui, il semblait fier. Son regard pétillait.

On trinqua comme il se doit à la santé de la famille réunie. Le chien Fidélien partageait la fête, allant de l'un à l'autre quêter une tape amicale et quelques bouts de nourriture. De bonnes bouteilles de bordeaux faisaient leur apparition, conservées en cave à bonne température. On goûtait, on s'extasiait. Puis on faisait une ovation à Louisette pour sa cuisine. Ses plats faisaient l'admiration de tous.

– Sans Louisette, dit Hippolyte, il n'y aurait pas de fête, pas de repas... On peut dire qu'elle fait partie de la famille, et vous le savez bien...

Louisette, embarrassée :

– Ça me gêne tout ça... Je fais pas les repas pour me faire remarquer.

Elle en fut quitte pour une ovation de plus assaisonnée aux rires.

– Alors, Lazare, n'es-tu pas heureux ici ? lança le père avec un large geste qui embrassait l'ensemble de sa propriété.

Tous avaient compris l'allusion. Lazare sourit sans saisir la perche. Évelyne rit de bon cœur et l'on parla d'autre chose dans la joie et la bonne humeur.

Les employés de l'exploitation arrivèrent pour le dessert et le café. Tradition oblige. On fit de la place aux arrivants tandis que le soleil tournait tout doucement, obligeant les convives à déplacer leurs chaises ou leur banc.

L'arrivée des îles flottantes provoqua les hourra ! des fans. Bienvenue renouait avec la joie de vivre.

Hippolyte crevait d'envie de questionner son fils, du genre : « Alors, Lazare, tu n'as vraiment rien à nous annoncer ? » Mais il s'abstint à temps.

Alors une idée folle traversa son esprit en liesse. Il lui fallait absolument annoncer une nouvelle.

Il se leva, attendit quelques secondes que le silence se fît, puis d'une voix consciente de la gravité du moment :

– Je voudrais vous annoncer une nouvelle.

Lazare joua aux devinettes :

– Tu vas te relancer dans la politique ! Je crois que tu ferais un bon maire. Tu as souvent de très bonnes idées !

– Non, il ne s'agit pas de politique. J'ai abandonné l'idée pour la mairie et le conseil municipal.

– Tu as bien fait ! lança Sophie.

Hippolyte, déconcentré, tenta de retrouver son élan :

– Voilà bientôt dix ans qu'Irène, votre mère, nous a quittés. J'ai l'intention de me remarier. Ce n'est pas pressé mais j'y pense de plus en plus. Je vous dirai bientôt avec quelle personne, mais pas aujourd'hui. Il faut tout d'abord qu'elle accepte !

Stupéfaction autour de la table. Personne ne sut quoi dire. Lazare se leva d'un bond.

– Tu en as le droit, papa ! À moins que quelqu'un ici veuille exprimer une opinion contraire ? Quant à moi, je viens de rencontrer Évelyne – si je puis dire –, cela peut surprendre, mais c'est ainsi, et je suis très heureux. Je te souhaite d'être aussi heureux que moi, papa !

Hippolyte vint à son fils et lui tendit la main. La joie emplissait ses yeux, pétillait dans son sourire. Son fils et Évelyne ! C'était officiel ! Pour un peu il aurait pavoisé à l'avance, mais il parvint à maîtriser la gaffe. Quant à son mariage à lui, il savait qu'on n'oserait pas l'interroger... Hippolyte jubilait.

Une journée à surprises ! Sophie regardait son père avec tendresse, Christine avec stupeur. Elle n'appréciait pas du tout cette annonce. Les employés échangeaient quelques regards de connivence, quelques phrases du genre : « Le patron est toujours vert, je ne suis pas étonné ! »

Pendant ce temps, Louisette s'occupait de desservir.

– Alors, claironna Hippolyte. On la fait cette partie de quilles ? Ça nous changera les idées et ça facilite la digestion.

L'art et la manière de détendre l'atmosphère...

Les quilles, qui servaient une fois l'an, dormaient, rangées dans la grange.

On les plaça, toujours au même endroit, sur une surface de quelques mètres carrés, et deux équipes se formèrent. Tout d'abord il fallut quiller, c'est-à-dire lancer une quille le plus près possible de la boule pour savoir qui commencerait. Puis le jeu débuta. Pas si facile de lancer la lourde boule de bois, les doigts agrippés aux trous prévus pour cela dans la sphère de châtaignier.

Que de jurons et de désastre ! Les employés d'Hippolyte manifestaient le plus d'adresse et d'habileté. Gloire leur fut rendue, honneur éphémère, mais heureux furent-ils !

Du côté des femmes, on se posait des questions à propos de la décision du père Deschaumes. Bien sûr, Louisette fut interrogée.

– Je ne m'occupe pas de ses affaires, je m'occupe seulement de tenir sa maison et vous le savez, dit-elle un tantinet agacée.

– Après tout, dit Sophie, on ne peut pas lui en vouloir, maman est partie depuis longtemps et elle restera toujours notre mère, ça ne changera rien.

– Mais qui est donc cette femme ? s'exclama Christine. Quelqu'un doit bien le savoir ! Moi, je ne suis pas d'accord et ça nous concerne tous ! Qu'est-ce qui lui prend tout d'un coup ? Imaginez qu'il se marie, que devient alors notre ferme, notre héritage ? Non, ça ne me plaît pas du tout cette histoire, et je le lui dirai ! On ne serait plus chez nous à Bienvenue, vous rendez-vous compte ?

– Et si Lazare prenait la succession de papa, tu te sentirais chez toi ?

– Avec Lazare, c'est différent ! C'est notre frère.

De plus, il a son affaire à Toulouse, il ne reviendra pas au pays.

– Tu oublies Évelyne, ses parents sont agriculteurs à Rougerie. Imagine que ces deux-là se marient ?

– Je n'imagine rien du tout. Quand la propriété se vendra, je prendrai ma part en monnaie sonnante et trébuchante, comme on dit, c'est aussi simple que ça ! Voilà ce que je pense !

Évelyne s'était rapprochée du jeu de quilles et n'entendit pas la conversation.

Le soleil baissait, les joueurs se séparèrent, les employés se retirèrent non sans avoir trinqué une dernière fois, pour effacer la poussière, disaient-ils.

Lazare et Évelyne quittèrent Bienvenue pour rejoindre Chapelou. Ils devaient aller à Rougerie en fin de soirée, pour assister au feu d'artifice.

Enfin seuls, à Chapelou, las d'une si belle journée, ils en oublièrent de ressortir. Les flonflons du bal se passeraient d'eux.

– Ton père t'a relancé, dit Évelyne, il n'en démord pas.

– Il a raison d'essayer, mais vivre avec les bêtes...

Puis, regardant Évelyne :

– Quand je songe qu'il va se remarier, ça me fait quelque chose, je n'ose y croire...

– Ton père est un malin.

– Dis-moi, si on se mariait, viendrais-tu à Toulouse ?

– Si on se mariait, lui rétorqua-t-elle avec son plus beau sourire, viendrais-tu à Rougerie ?

– À Rougerie ? Mais que faire à Rougerie ?

– Ouvrir un restaurant à la ferme, ça marche bien et ça me plairait !

– Tu n'es jamais à court d'idées !

– Jamais, dit-elle en se jetant amoureusement sur lui.

Alors vint à Lazare, entre deux baisers, cette pensée : « Mon Dieu, si je n'étais pas malade, comme tout serait magnifique, comme ta vie serait belle... ! »

Au loin, pétaradaient les premières salves qui annonçaient le feu d'artifice.

Ils n'avaient que quelques jours à passer ensemble, et ceux-là étaient précieux. Les jours heureux meurent vite !

Le surlendemain de la fête, ils partirent tous deux dans la nature, sans but précis, en short et sweat, chaussés de baskets, sans oublier une vaste casquette.

Ils arpentaient les vieux chemins de leur enfance.

– Allons jusqu'à la rivière, dit Lazare, ça nous rappellera nos chamailleries. Tu voulais toujours te mettre à côté de moi, tu ne me lâchais pas d'une semelle !

– Et un jour tu m'as traitée de sale pisseuse, j'avais pleuré comme une Madeleine. Je n'avais rien trouvé à répondre, j'étais trop vexée, et tes sœurs riaient aux éclats.

– Tu portais des nattes brunes, je trouvais cette coiffure bizarre. J'ai souvent eu envie de te les couper. Mais je me suis maîtrisé, je ne l'ai pas fait.

– Sale gosse ! Tu étais un sale gosse ! dit-elle en se serrant contre lui.

– Je t'aime, ma chérie. Tu bouleverses ma vie.

Main dans la main, ils longèrent les champs, traversèrent les prés, s'étonnant de cette redécouverte de la campagne où ils étaient nés. Même les bruits du silence épousaient leur émotion. Ils devinèrent le ruisseau tout proche. Comment s'appelait-il, déjà ? Ils l'ignoraient comme ils ignoraient le nom de la rivière dans laquelle il se jetait plus bas.

– J'imaginais ce ruisselet plus important, je suis déçu, dit Lazare. Je suis sûr que la rivière n'est plus qu'un gros ruisseau. C'est fou comme la mémoire modifie ce qu'on appelle des souvenirs.

– Il faut nourrir sa mémoire, Lazare, sinon la place demeurée vide se peuple de ronces, les chemins d'accès se ferment peu à peu, comme ce sentier là-bas. Te souviens-tu ? On pouvait suivre les tombereaux, aujourd'hui, tu ne peux même pas t'y glisser.

Méditation. Une douce brise les caressait. Quelques oiseaux surpris déguerpissaient, les papillons les ignoraient, seuls les moustiques affamés leur dévoraient les jambes.

– Cette petite vallée me rappelle une histoire racontée par un pâtre un peu poète qui dans sa jeunesse montait en estive dans le Cézallier, murmura Évelyne.

– Raconte-moi...

– La Coquette Demoiselle, une minuscule rigole née sur le plateau du Cézallier, presque près du ciel, portait déjà le nom d'Allanche. En descendant timidement les prairies d'estive, elle se renforçait de la venue d'alliées aussi folles qu'elle et ne désirait qu'une chose : qu'on l'aimât, qu'on la remarquât. Tout en zigzaguant, elle se découvrait et se perdait un instant dans la cascade des Vérines. Ce fut pourtant un enchantement tel qu'elle ne voulut plus jamais s'en aller. L'Allanche, du même nom que la ville qu'elle visiterait plus bas, montrait son caractère.

Lazare écoutait attentivement Évelyne en lui caressant les cheveux.

– Elle effleurait une terre riche d'Histoire, de transhumance, de colonisation romaine, etc. Son eau brillait, pareille aux yeux des enfants curieux. Comme une écolière, elle courait dans sa vallée, se frottant parfois aux écorchures de pouzzolane encore visible par endroits, creusant son lit au cœur d'un livre ouvert, sur les pages duquel se gravaient les événements. Un jour, alors qu'elle gazouillait paisiblement, le vent lui annonça qu'un fiancé l'attendait au bout de son voyage. Inexorable destinée.

Bien loin déjà dans son parcours, au lieu de montrer de la joie, elle ralentit sa course, creusa des méandres profonds et se tracassa en remous pour résister à son destin, le plus longtemps possible.

– Quoi, elle n'aimait pas les garçons ? risqua Lazare, avec un sourire en coin...

– Elle n'en avait jamais connu. Elle appréhendait, et même elle voulut s'en détourner. Mais les ruisseaux ne reviennent pas en arrière ! Alors ils s'ignorèrent pendant longtemps, en coulant parallèlement, créant une terre appelée Entre-Aïgues – entre deux eaux. Le futur époux, qu'on appelle Allagnon, n'en finissait pas d'attendre, n'osant l'effrayer. La rencontre arriva pourtant. Voyant la belle Allanche approcher, il se poussa un peu, lui fit une place dans son lit. Elle était belle et pure, toute parfumée de l'odeur de la nature. Pendant quelques minutes, ils glissèrent côte à côte. Un peu plus loin, leurs eaux se mêlèrent et sous l'ombrage des arbres de la rive, il l'épousa alors, avec une douceur infinie. Il lui donna son nom, et l'Allagnon, au comble de ses vœux, partit à la conquête d'une nouvelle vie, vers l'Allier et la Loire.

Lazare la couvait des yeux.

– Le pâtre t'a vraiment raconté cette histoire ?

– Oui, j'étais toute petite et je m'en souviens encore, longtemps j'ai cru que c'était notre ruisseau, et chaque fois que j'écoutais cette histoire, j'avais envie de pleurer.

Il la prit dans ses bras et la serra contre lui.

– La campagne te manquerait à ce point ?

– Je ne finirai pas ma vie à Paris, avec ou sans toi. Je l'imagine ici, dans peu de temps, je veux tenter une expérience professionnelle, c'est mon but. Quand je trouverai le lieu, l'endroit possible, alors je foncerai.

– Veux-tu la maison de Chapelou ?

– Ta maison me plaît beaucoup. Mais il me faut une grande maison de ferme, avec un cantou, avec de vieux plafonds, avec...

– Comme chez tes parents ?

– Oui, mais chez les Pradine, on travaille toujours la ferme et pour longtemps encore. Il me faudrait aussi beaucoup de place pour élever mes volailles et cultiver les céréales nécessaires.

– Je n'aurais jamais pensé que tu puisses avoir des ambitions pareilles !

– Qui m'aurait dit qu'un jour tu vendrais des vêtements à Toulouse ? Toi, tu n'aimes pas la campagne, c'est différent.

– Je n'aime pas les vaches, c'est tout ! Les cultures, c'est autre chose.

– Tu n'aimes pas mettre les pieds dans la bouse ! T'es un précieux personnage, lui lança-t-elle en éclatant de rire. Et pourtant, d'où viens-tu ?

Elle l'embrassait déjà.

La rivière chantait à leurs pieds. Ils étaient assis sur des rochers émergeants, leurs jambes brisant l'onde claire, créant des clapotis délicats.

– Savoir si je saurais encore, dit Lazare en s'accroupissant vers des pierres immergées.

Évelyne comprit et n'hésita pas une seconde à le rejoindre.

– Deux truites feraient bien notre affaire, dit-elle. J'ose espérer que le garde-pêche ne se promène pas dans les parages.

Les deux braconniers eurent tôt fait de prendre deux farios de bonne mesure.

– Faut s'arrêter là, sinon c'est le bagne ! dit Lazare avec entrain.

Ils sortirent de l'eau malgré leur envie folle d'y rester. Les deux poissons tachetés furent suspendus par les ouïes à une branchette de noisetier, et mêlés à quelques feuillages.

– Il y a si longtemps, dit-elle.

– Le paradis ! s'exclama Lazare.

Les rayons du soleil jouaient encore entre les arbres et bientôt n'habiteraient plus que les cimes.

L'air fraîchissait. Lentement, ils revinrent par d'autres chemins vers Chapelou. Sur les talus, les bardanes chargées de capitules s'accrochaient aux vêtements et aux cheveux, comme dans leurs jeux d'enfants. Main dans la main, ils avançaient sans parler, unis par ce silence qui marie les âmes et la nature, les parfums et les espoirs, les projets et les odeurs de terre mouillée.

– J'ai été tellement stupide, s'écria soudain Lazare. Que de temps perdu !

Sa main serra un peu plus celle d'Évelyne.

Dans deux jours, il devrait rejoindre Toulouse, et Évelyne la ferme de ses parents qui l'attendaient.

– Si tu essayais de faire un bon petit plat, pour notre dernier jour, les pommes Jeannette par exemple ?

– À condition que Louisette veuille bien me céder un petit verre de...

– Un petit verre de quoi ?

– Secret de cuisinière !

Il vint chercher la vérité sur ses lèvres.

12

À Toulouse, les collections apparaissaient dans les vitrines aux couleurs sombres de la tendance.

À Paris, Évelyne dirigeait son équipe le regret au cœur, habitée des pensées fortes de l'amour. « Malade ou pas, je l'aime tant », pensait-elle. Rien ne l'empêcherait jamais de rêver à un avenir avec Lazare, avec ou sans toutes les incertitudes que cela entraînait ! Elle se souvenait de sa question : Si on se mariait, viendrais-tu à Toulouse ? Il avait parlé mariage, cette fois elle ne rêvait pas !

Hippolyte trouvait le temps bien long. Parfois il rencontrait Ernestine. Il ressentait chaque fois l'envie de rompre sa solitude. Quelques phrases, quelques échanges de souvenirs.

Les pluies d'automne arrivèrent à Bienvenue, avec l'époque de la chasse et des champignons.

Un soir, alors que Louisette et Hippolyte conversaient près du cantou, elle ne put retenir la question qui la tourmentait depuis les vacances.

– Vous allez donc vous remarier, Hippolyte ?

Cueilli par surprise, Deschaumes redressa quelques tisons avant de répondre calmement :

– Ça se pourrait bien, mais ça ne presse pas...

Louisette se tut autant qu'elle put, puis elle se jeta à l'eau :

– S'appelle comment cette future ?

Elle le fixait durement. Il retint son rire.

– Elle s'appelle Louisette Calvaise et elle travaille chez moi depuis assez longtemps pour que je puisse la connaître parfaitement. Je ne lui ai pas encore demandé si elle voulait...

– Hippolyte ! hurla-t-elle, faut pas se moquer !

– Je ne me moque pas de toi, ma chère Louisette, il n'y a que toi qui...

Comme elle commençait à pleurer, il s'approcha d'elle.

– Ça ne presse pas, Louisette, mais j'y pense, sais-tu, j'y pense.

D'ordinaire, il ne la tutoyait pas. Elle ne put s'empêcher de contempler avec admiration sa blanche chevelure. L'homme avait la fière allure de ceux qui ont commandé toute leur vie. Ses yeux gris étincelaient dans un visage accentué par de belles rides d'homme, des yeux qui marquaient ceux qui les rencontraient.

La télévision donnait le journal, mais ni l'un ni l'autre ne vit le programme de la soirée.

En fin d'année, les nouvelles de la santé de Lazare donnèrent beaucoup d'inquiétude. Une grande fatigue s'était emparée de lui et il dut s'arrêter de diriger sa boutique pendant un mois. Son second le remplaçait.

Sophie lui rendit visite et rapporta ses impressions à Évelyne. Le mal ne régressait pas, il fallait s'attendre à des périodes similaires de temps à autre. Le traitement avait été modifié et on guettait une amélioration. Sophie entoura Évelyne de toutes les attentions et de toutes les prévenances.

Puis son état général s'améliora. De quoi espérer une longue période de rémission. Évelyne passerait quelques jours à Toulouse vers la mi-janvier.

La nouvelle année commençait mal. Hippolyte dut s'aliter pendant plusieurs jours, bloqué par un sérieux lumbago. Le docteur Cros vint exceptionnellement à la ferme et Hippolyte en profita pour s'informer sur la maladie de son fils. Le médecin lui parla ouvertement :

– Tous les chercheurs se penchent sur le problème et demain peut arriver le miracle !

Demain, pensait Hippolyte, oui, demain, bien sûr. Ce qui voulait tout dire...

Dès qu'il put se lever, il relut la lettre de Pélagie, et à nouveau l'angoisse monta en flèche.

– Qui peut donc savoir ?

Il déposa l'enveloppe dans une nouvelle cachette, sans pouvoir la détruire, une fois de plus.

La douceur du temps tardait à se manifester en ce printemps 1985. Les paysans disaient en secouant la tête : « Quand le buisson blanc fleurit, le cheval tremble dans l'écurie. »

Au hameau, les pommiers en fleur du vieux verger marquaient une nouvelle fois la belle saison.

Le mois de mai ramena Lazare à Bienvenue pour deux ou trois jours.

Évelyne ne pouvant se libérer, il demeurait chez son père. Il allait assez bien, et passait de longs moments autour de la maison qu'il observait de manière attentive. Les lilas en pleine floraison signalaient que les plants de pommes de terre avaient été mis en terre. Depuis toujours on se basait sur ce signal de la nature pour débuter ces travaux, lorsque ces immenses bouquets généreux livraient leur parfum d'orgeat dont l'origine, disait-on, venait de Perse.

– À quoi penses-tu, Lazare ?

– Je pense que tu as une bien belle propriété, une maison de maître superbe, des dépendances en très bon état. Que du solide !

– Je ne vais pas te redire ce que je souhaite depuis toujours.

– Peut-être aurais-je dû t'écouter, mais j'étais jeune lorsque tu m'as inscrit dans cette école à Toulouse pour la première fois.

– Il n'est jamais trop tard ! s'exclama Hippolyte, percevant là un signe nouveau dans le comportement de ce fils si particulier. Tu as vingt-neuf ans, tu es jeune !

– Je ne suis plus seul, papa, Évelyne a pris beaucoup de place dans ma vie. Comment ai-je pu l'ignorer si longtemps ?

Ils se turent.

– Et toi, ce mariage ? Où en es-tu ?

Hippolyte haussa doucement les épaules.

– Je me suis peut-être avancé un peu vite ce jour-là. Je voulais vous épater, rien n'est décidé pour le moment. Et toi, Lazare, qu'envisages-tu ?

– Je vais bien me soigner. Après ça, avec Évelyne, on décidera. Ce que je peux te dire, c'est que je tiens à elle, papa, j'y tiens tellement. J'ai maintenant ma maison au pays, c'est extraordinaire pour nous deux.

– Posséder sa maison est le souhait de tout homme, comme je te comprends ! Et transmettre ses terres à ses enfants pour un paysan représente le rêve suprême. Tu as déjà une parcelle grâce à la vieille Pélagie.

Il s'obligea à ne pas en dire plus. Quitte à se mordre la langue.

Le dernier jour, Lazare croisa Ernestine sur le chemin. Ils parlèrent un long moment, profitant d'une halte reposante comme le font souvent les gens de la campagne qui vont à pied.

– Mon petit-fils aurait ton âge, je ne peux m'empêcher d'y penser lorsque je te vois, excuse-moi.

– Ce n'est rien, ce n'est rien.

Mais au fond de lui, ça l'agaçait prodigieusement !

Dans le cœur de la femme en noir, toujours cette envie, cette jalousie maladive, et ancrée si profondément...

Ernestine souriait un peu, par politesse. Dans sa maigreur, son visage creusé ne gardait aucune trace d'un quelconque bonheur passé. Ses cheveux gris, tirés vers ce chignon qui la rendait austère, semblaient de la couleur de son âme. Froide. Derrière ses fines lunettes à monture métallique, ses yeux sombres se retiraient aussi, ce qui ne les empêchait pas de lancer parfois des éclairs.

Elle rejoignit sa maison, lentement.

En cette fin juin, Lazare emmena son second à Paris pour ses achats. Il souhaitait une participation plus active de celui-ci dans son affaire avec sans doute une arrière-pensée. Charles Vintière, satisfait de cette confiance, fit de son mieux et découvrit avec passion ce monde inconnu des fournisseurs, des collections, des affaires. Deux jours et deux nuits dans la capitale ! Vintière rejoignit ensuite quelque connaissance parisienne. Quant à Lazare, son point de chute ne variait pas.

– J'ai emmené mon adjoint pour le familiariser aux achats, dit-il à Évelyne. J'ai l'intention de lever le pied petit à petit. Je fatigue souvent, il faut bien l'avouer. Et ton projet, où en est-il ?

– J'essaie de convaincre mon père de me céder un bâtiment, nous en sommes là. Pas faciles, les Pradine !

– Je demanderai au mien, qu'en penses-tu ? Un resto, un élevage de volailles pour fournir le principal, une spécialité maison et le tour est joué !

– Es-tu fou, Lazare ? Te rends-tu compte de ce que tu dis ?

– Oui, je suis sérieux, j'en ai un peu marre de mal vivre. Après tout, volailles et céréales, nous deux, qu'en penses-tu ? Ah ! J'allais oublier, je suis malade, certainement condamné...

– Ne me parle plus de ça une fois pour toutes, promets-le ! hurla-t-elle.

– Tu l'auras voulu, c'est promis. Je crois que nous sommes fous tous les deux. Je parlerai à mon père, très bientôt, voilà aussi une promesse ferme !

Durant le retour, Lazare réfléchit beaucoup. Il questionna Charles Vintière sur son travail, sur son devenir dans le métier. Il découvrait un futur patron, cela ne trompait pas. Le poste de second qu'il occupait auprès de lui était un tremplin, un stade dans sa vie professionnelle. Cette franchise lui plut.

– Seriez-vous capable de diriger le magasin dans le cas où je m'absenterais pour quelques mois ? Ce n'est pas encore une grande affaire, j'en conviens. Qu'en pensez-vous, Charles ? Vous avez pu apprécier les méthodes d'achats, les fournisseurs, une certaine organisation.

– Je ne voudrais pas vous paraître prétentieux, mais mon but est d'accéder à une situation identique à la vôtre. Pour répondre à votre question, ma réponse est oui, je me sens capable de diriger votre magasin.

Pendant le reste du trajet, ils ne parlèrent plus affaires. Dans la tête de Lazare, un nouveau chemin se dessinait.

Jour après jour, il prenait forme et clarté dans sa

pensée. Il laissait de plus en plus d'initiatives à Charles Vintière qui ne s'en plaignait pas.

Pour le 20 août, il se rendit à Chapelou où quelques jours plus tard Évelyne le rejoindrait. Elle l'avait séduit quant à la réalisation de son projet. Une table à la ferme ! Convaincre maintenant le père Deschaumes de supprimer son troupeau de salers s'annonçait épique ! Il se décida pourtant.

– Tu avais des projets pour modifier et moderniser ton exploitation, n'est-ce pas ?

– Je les ai toujours, répondit Hippolyte fort surpris. Tu te déciderais enfin ?

– N'allons pas si vite. Je ne serai jamais éleveur de bovins. Mais j'ai quelques idées, je veux dire avec Évelyne, nous aurions peut-être des projets !

Hippolyte Deschaumes n'en revenait pas. Elle avait gagné, la petite Pradine avait gagné !

– Tout d'abord, il faudrait que tu sois d'accord avec nos intentions.

– Les enfants font rarement comme les parents, c'est bien connu, alors explique-toi ! Mais avant tout, nous allons ouvrir une bonne bouteille, faut fêter ça !

C'était un mercredi, et ce jour-là, depuis toujours, Louisette se rendait l'après-midi à Rougerie. Les deux hommes, installés sous le tilleul, eurent tout loisir de parler en tête-à-tête.

Lazare exposa les premiers points : le restaurant, table à la ferme, élevage de volailles et cultures de céréales. On ne toucherait pas à la scierie qui pourrait, le cas échéant, continuer son exploitation avec Hippolyte.

Celui-ci écoutait avec attention. Bien qu'il eût préféré un autre projet, il allait réfléchir. Ne plus voir son troupeau sur ses terres lui serait presque insupportable. Mais, d'un autre côté, la ferme resterait aux Deschaumes. Dilemme.

– Vous allez donc vous marier ? demanda Hippolyte, avec un sourire plein d'espoir.

– Nous ne sommes pas pressés. Il y a tant de choses à voir et à étudier sur ce projet, c'est une nouvelle vie que nous allons engager ici. Est-ce que les filles ne s'y opposeront pas ?

Ce que ne disait pas Lazare, c'était qu'Évelyne voulait aussi créer des chambres d'hôtes, mais ce serait pour plus tard.

– Ne me réponds pas pour le moment, rien ne presse. Évelyne demandera aussi à ses parents de lui céder une part de la ferme, au cas... Elle tient à ce projet, c'est une battante !

Interloqué, Hippolyte demeura sans voix. Le hasard lui enlèverait-il une nouvelle fois l'espoir ? Devrait-il encore se battre pour ramener Lazare sur ses terres ? En cas d'échec, il n'aurait plus qu'à se pendre, cette fois.

– Ton magasin de Toulouse, qu'adviendra-t-il ?

– Je ne m'inquiète pas, je pense que j'ai déjà un successeur prêt à prendre ma place.

– Dans ces conditions... Comme je suis heureux et fier aujourd'hui !

– Je te rembourserai un jour ce que je te dois, je n'oublie pas.

– Tu ne me dois rien. T'ai-je jamais réclamé quelque chose ?

– Merci, papa, merci.

Malgré la réponse qu'il avait donnée, le père se sentait fier de l'honnêteté de son fils. Il lui posa la main sur l'épaule et l'embrassa vigoureusement.

– Je voudrais déjà être vieux pour voir ce que vous allez faire de Bienvenue.

Évelyne les rejoignit, et rien ne fut différent du précédent été, si ce n'était les grandes discussions sur l'avenir. Sophie se réjouissait du retour de son frère à Bienvenue. Christine ne semblait pas du même avis. « On n'est pas près de voir ça, disait-elle. Je préférerais que tu t'installes chez les Pradine... »

Vacances peu reposantes, trop d'études de financement, de demandes administratives, de problèmes familiaux, de plans, etc. À peine le temps de flâner vers la rivière.

Bref ! La fête traditionnelle se déroula sans Lazare et Évelyne, partis d'urgence pour Paris négocier des aides et des renseignements.

L'affaire se compliquait, et plus les jours passaient, plus le doute s'installait.

– Il faut être patient, disait Hippolyte à Évelyne, de mon côté je fais de mon mieux.

– Mes parents seraient d'accord aussi, il y aurait plus de place chez nous, une partie plus indépendante que nous pourrions restaurer.

– Je crois comprendre, mais, entre nous, on pourrait trouver une solution. Vous me laisseriez Chapelou et vous viendriez ici. Qu'en pensez-vous ?

– Nous ne pouvons pas accepter ça, c'est impossible !

– Gardez-le en mémoire, surtout n'oubliez pas ce que je viens de vous proposer...

Hippolyte Deschaumes mettait tout dans la bataille, il se sentait prêt à tout pour Lazare.

Les vacances se terminèrent, et Chapelou retourna à sa solitude.

Lazare et Évelyne construisaient leur projet freiné par bien des soucis et l'immense travail que nécessitait cette folle entreprise.

Ils croyaient tant à ce retour au terroir dont de nombreuses revues se faisaient l'écho ! De plus, Lazare n'avait ni l'ambition ni la force de développer son entreprise personnelle. Il se souvenait des méthodes apprises en stage de formation, et se sentait inapte à les appliquer envers son personnel.

Lazare formait son second sur la comptabilité du magasin, et un soir l'invita au restaurant.

– J'ai quelque chose d'important à vous communiquer, aussi devons-nous nous entretenir clairement.

Charles Vintière s'attendait alors à quelque surprise, sinon désagréable, pour le moins inquiétante compte tenu du chômage et de la fermeture de petits magasins de prêt-à-porter.

– Dans un temps encore indéterminé mais proche, j'ai l'intention de me séparer de ma boutique. Je suis lié par un contrat de franchise pour une partie de l'affaire, ce qui reste négociable. Je peux soit installer un gérant libre, soit céder et vendre totalement l'affaire. Seriez-vous intéressé par l'une ou l'autre de ces propositions ?

Charles Vintière hésita à répondre. Lazare reprit :

– Ce serait envisageable pour le début de l'année, disons pour la saison de printemps.

– Je ne m'attendais pas à cette proposition, je dois bien l'avouer. Mais elle me plaît ! Oui, elle me plaît assez. Je crois pouvoir vous dire que je suis presque d'accord, une telle chance ne se présente pas tous les jours, sous réserve, bien entendu, de l'accord de financement que cela suppose.

– L'essentiel est que l'affaire vous intéresse. D'autre part, je pense que vous êtes un homme trop sérieux pour vous engager à la légère. Votre épouse a son mot à dire, et cela n'a rien d'anormal. Je vous ai fait la proposition que je désirais vous faire et vous demande d'être discret.

Charles réfléchissait, tout en faisant de temps en temps des signes de tête affirmatifs.

Au cours du dîner, Charles Vintière posa mille questions. Rassurant pour Lazare !

13

Début 1986. Lazare et Charles sont à Paris lorsque Lazare est pris d'un malaise sérieux à la centrale d'achats. Transporté à l'hôpital de la Salpêtrière, le constat se révèle alarmant. Charles prévient Évelyne qui se rend aussitôt près de lui. Elle connaît la maladie de son compagnon et s'entretient avec le chef de service. Rechute très agressive.

Sophie se rend auprès de son frère, mais ne peut rester plus d'un jour à Paris.

Toutes deux ont compris, il reste peu d'espoir.

Charles Vintière remplit sa mission du mieux qu'il peut auprès des fournisseurs. Il devine les raisons de la future cession du magasin.

Le temps passe, et Lazare demeure à la Salpêtrière où Évelyne lui rend visite chaque jour. Il est conscient de son état, soutenu par la présence de celle qu'il aime. Mais pourquoi cette aggravation subite, inexplicable et bien connue des services compétents ?

À Bienvenue, Sophie a parlé à son père, il le fallait. Hippolyte se voulait tellement tendu vers ses projets, qu'il en avait oublié le drame qui se jouait dans le corps de son fils. L'espoir avait effacé d'autant plus facilement les craintes qu'il voyait déjà Lazare à Bienvenue.

Il se rendit à Paris. Lazare allait mieux, en apparence. Deschaumes craignait ces lieux où il devait se revêtir de protections stériles, où il se sentait prisonnier et presque malade lui aussi, traqué par les odeurs.

Il voulut garder espoir, aussi ne parlèrent-ils que de leur projet. Évelyne avançait dans ses démarches. Lazare annonça la vente prochaine de son affaire toulousaine.

Lorsque Hippolyte rentra chez lui, ce soir-là, il parla de son fils à Louisette, avec ce besoin de croire encore à l'impossible.

Un rayon de soleil apparut lorsque Lazare revint à Toulouse, en convalescence, disait-il. Il fit accélérer la négociation de son magasin. Vendeur et acquéreur trouvèrent un accord, et un compromis fut signé. La vente définitive se réaliserait dès que possible.

Mais Lazare n'avait pas retrouvé sa superbe de l'année précédente. Le traitement n'était pas mince. Sophie s'inquiétait beaucoup. Elle connaissait mieux que quiconque la progression du mal.

Dès que l'affaire commerciale fut réglée, Lazare

rejoignit sa maison, à Chapelou. Libéré de toutes contraintes professionnelles, il connut cette joie radieuse de pouvoir remettre à son père les papiers des banques levant sa caution solidaire.

– Je te rembourserai plus tard la valeur du pré et du champ : aujourd'hui, il ne me reste plus un sou ! Je n'ai pas été un bon commerçant, papa.

Les yeux d'Hippolyte tremblèrent un peu.

– Ne dis pas de bêtises, mon fils !

Lazare déjeunait et dînait souvent à Bienvenue. Il se plaisait à dire que le climat le ravigotait, et les plats de Louisette le reconstituaient.

La lumière de cet été-là, douce et chaude en ces lieux, se fit plus belle que jamais. Le parfum des foins coupés vivifiait son corps et son âme, si bien qu'il arrivait parfois à oublier son état.

Il allait souvent vers la rivière, sans doute rêver, respirer à pleins poumons cet air unique. Puis un jour, il décida de rejoindre Évelyne à Paris, à la mi-juillet. Hippolyte voyait que son fils n'affichait pas la joie qu'il espérait. Il ne posa cependant aucune question.

Lazare rejoignit l'hôpital de la Salpêtrière dès le lendemain de son arrivée, de son plein gré. Il avait prévenu Évelyne : « Je sens que je ne suis pas au mieux, je préfère prendre les devants, comme on dit chez nous, et on pourra quand même se voir. »

Évelyne ne fut pas dupe. La sournoise maladie gagnait du terrain. Pourtant, Évelyne et Lazare ne parlaient que de l'avenir. Elle bâtissait, oui, elle bâtissait le futur sur des fondations de sable, elle le savait. Mais pour Lazare, elle irait jusqu'au bout, jusqu'à la folie s'il le fallait. Elle le protégerait envers et contre tout.

Quant au malade, ses forces s'amenuisaient, on le portait dans son fauteuil.

– Raconte-moi l'histoire de cette rivière, celle qui faisait la fière dans sa vallée. Je suis souvent allé à notre ruisseau lorsque je suis revenu de Toulouse. Je m'asseyais dans l'herbe, je marchais dans l'eau peu profonde et je me souvenais de ton récit. Raconte-moi pour que je l'entende gazouiller, pour que je la voie, pour que je la goûte encore.

Évelyne lui donnait ce plaisir qui lui apportait plus de bien que certains médicaments. La rivière devenait de plus en plus belle. De plus en plus pure.

Le lendemain, comme presque tous les jours, elle lui parlait de leur restaurant à la ferme : ce serait à Bienvenue ! Hippolyte laisserait sa maison et logerait à Chapelou avec Louisette, on ne les séparerait pas. Dans la grande salle, la cheminée serait conservée et chaque jour, durant les périodes fraîches, le feu serait allumé dans le cantou. Les fenêtres auraient des rideaux rouges, lourds et retenus par des embrases de velours.

– Imagine-toi, Lazare, le pays blanc de neige, en

pleine froidure. Seules les fenêtres aux rideaux rouges balayés par les lueurs du feu donneront une touche de vie aux crépuscules blafards.

Lazare ajoutait :

– Nous ne manquerons pas de faire provision d'eau de neige de février, elle guérit les brûlures du premier degré, additionnée de joubarbe, la barbe de Jupiter, qui pousse partout là-bas. Tous les mois de février ne produisent pas de neige, nous devrons être prévoyants. Il y avait toujours des bouteilles d'eau de neige à Bienvenue, que l'on conservait plusieurs années.

– Je sais que le docteur Cros l'utilise encore pour soigner les brûlures, c'est d'une efficacité remarquable.

– Les secrets de nos grand-mères font toujours merveille !

Après quelques instants de silence, Évelyne reprenait :

– Une grande table en chêne avec des bancs, comme autrefois, puis à côté, une ou deux plus petites avec des chaises paillées, pour les jours d'affluence. Tu me seconderas pour la salle, Lazare, je compte sur toi. Les services de faïence décorés de fleurs, avec la grosse soupière au milieu, les couverts anciens, les serviettes en tissus épais. Le pain de Rougerie, ce pain de campagne que tu aimes tant, accompagnera le coq-au-vin au fumet si particulier, aux herbes de chez nous. Oh ! Lazare, nous serons si bien. J'ai mis au point un gâteau aux noix, ce sera notre spécialité. La noiseraie de ton père y pourvoira, tu vois, tout arrive à point !

Moments de folie à deux, pour tromper la peur et la mort. Lazare s'y accrochait. Puis ils parlaient encore de leur campagne, des champs, des céréales. Maïs, blé, orge, légumes et plantes aromatiques de toutes sortes envahiraient les terres de Bienvenue – disparues les vaches ! – et l'on devinerait les piaillements des volailles fermières derrière les bâtiments. Parfois l'on entendrait les machines de la scierie toujours en activité, sous le commandement d'Hippolyte, débiter les troncs, trancher les chevrons, découper les poutres en créant des monticules de sciure. La vie à Bienvenue serait magnifique.

Un soir, alors que son mal lui laissait un peu de répit, sa pensée l'emporta vers les instants de son enfance, vers ses dix, onze ans peut-être...

Il se revoyait enfant au regard candide, en culottes courtes et cheveux en bataille, heureux dans l'innocence de cette belle enfance, au chaud sous les gâteries de ses sœurs, sa mère, son père et même Pélagie. On l'appelait le gastadou !

La scierie faisait partie de l'aire de jeux pourtant défendue, mais toujours fréquentée. Le site demeurait interdit lorsque la machine à vapeur fonctionnait, rugissait tel un géant surnaturel. Alors, son père l'emmenait près des scies à ruban, le soulevait vers le chariot des grumes. La machine à vapeur

– une locomobile arrimée au sol depuis bien longtemps – crachait ses volutes de fumées et lâchait des jets de vapeur par ses soupapes de sécurité. Le monstre noir vivait, existait. Ses énormes volants sur lesquels se fixaient les courroies dessinaient d'étranges figures en mouvement. Mais le plus intrigant, le plus surprenant pour lui était certainement l'animation du régulateur à boules.

Le ruban métallique, couronné de puissantes dents affûtées, hurlait parfois en pénétrant dans la chair du bois. Son père lui disait : Tu dois reconnaître la sciure des différentes variétés d'arbres : le chêne, le sapin, le châtaignier, le hêtre, le bouleau, à son odeur, à son parfum, à sa couleur, à sa mouture ! Elles sont toutes différentes et pourtant le monticule que tu aperçois là-bas semble le même ! »

Son père lui avait appris aussi les parfums d'acacia, de sureau, les chants des oiseaux, des merles, des rossignols, des pinsons, des chardonnerets, chacun à sa manière savait donner l'aubade.

Il se souvenait d'un arbre au tronc tourmenté, craquelé, si vieux qu'il semblait vouloir lui parler, lui raconter son histoire : « J'ai vécu, semblait-il dire, je vis encore et je vivrai ici dans ma terre le temps qu'il faudra avec mon feuillage et mes racines ! »

La fausse immobilité de la nature... Au sol les insectes : les fourmis travailleuses, les sauterelles, les coccinelles mangeuses de pucerons, les libellules insaisissables. Puis les saisons parfois en avance, parfois en retard, mais toujours enchaînées par d'invisibles maillons, les orages, les pluies fines, les giboulées, les torrentielles, les dessins fantastiques des nuages à l'infini, les vents, la neige... Ses yeux se mouillèrent de quelque chose d'infiniment doux qui dépassait la mélancolie. Puis il s'endormit, bercé par un clapotis de ruisseau, le cœur quelque part...

La fête de Rougerie, cette année-là, se déroula différemment pour la famille Deschaumes. Sophie se rendit à Paris. Seuls Christine et les siens vinrent au hameau. Il fallait bien dire la vérité à Hippolyte à propos de la maladie de Lazare.

– Je me doutais bien. Lazare n'étant pas venu, je redoutais le pire. Évelyne doit s'occuper de lui, heureusement qu'il a cette petite.

Sophie le prévint d'une nouvelle aggravation sans précédent, sans issue.

– Ça s'est généralisé, papa. Va le voir tant qu'il est encore temps. Vas-y.

Puis elle éclata en sanglots. « Il est perdu, pensa Hippolyte pour la première fois. Il est perdu. Même Dieu veut me le prendre... » Et un grand froid le saisit.

Lorsqu'il entra dans la chambre, revêtu des protections obligatoires, une infirmière le prévint d'un geste sans équivoque. Ses pas marquèrent un temps d'arrêt. Il n'osait, ne pouvait plus avancer.

– Lazare, dit-il, Lazare, je suis là.

Le malade ouvrit les paupières. Regard étrange, dans son visage terreux qui ne bougeait pas. Ses mains et ses bras, le long du corps, portaient des pansements et des perfusions. Des taches brunes apparaissaient sur sa peau. Hippolyte se rapprocha et se pencha vers lui. Alors Lazare entrouvrit les lèvres pour articuler péniblement :

– Papa...

– Mon fils, Lazare ! Lazare !

– Ça va aller, papa, ça va aller. Pardonne-moi, ajouta-t-il dans un murmure.

Puis il referma les yeux.

L'infirmière approcha une chaise vers Hippolyte.

Des larmes coulaient de ses yeux rougis et disparaissaient sous le masque de protection. Il posa sa main sur celle de son fils et la serra doucement.

– Mon pauvre petit, comment se fait-il que...

L'infirmière lui fit signe en posant un doigt sur ses lèvres. Il comprit. Il regarda son fils de toute son âme, avec tout l'amour du père qui sait que son fils se meurt, irrémédiablement.

Lazare respirait difficilement. Il ouvrait les yeux de temps en temps. Voyait-il son père ?

Les minutes passaient. Hippolyte tourna le regard vers l'infirmière qui comprit la silencieuse question. Elle répondit par des gestes qui ne laissaient pas la moindre place à l'incertitude.

Hippolyte se leva, s'approcha de son fils et déposa un baiser sur son front. Les yeux cillèrent à peine. Il se redressa et, lentement, comme un automate, quitta la chambre. Il laissait couler ses larmes, retenait à peine ses sanglots.

Lorsqu'il fut dehors, loin des odeurs, de ces couloirs surchauffés, de ces lumières si particulières, il chercha un banc pour souffler un peu, et s'assit. Il fut pris de vomissements. Tout son corps pleurait son garçon, ce fils qui allait mourir. « Plus de doute, cette fois. Je n'ai pas su te garder, je n'ai pas su... »

Soudain, il devina une silhouette immobile près de lui.

Évelyne l'avait aperçu, mais voyant sa détresse, elle ne savait comment l'aborder.

– Vous étiez là, lui dit-il.

Il la pria de s'asseoir un court instant près de lui. Il tentait de se contenir.

– Je ne m'attendais pas à vous trouver ici, Évelyne, non, je ne m'attendais pas même si...

– Il ne souhaitait pas que vous le voyiez ainsi, il disait chaque jour : un peu plus tard, ça lui ferait trop de peine.

– Vous venez souvent ?

– Tous les jours, et tous les jours nous parlons de notre futur restaurant à Bienvenue.

– À Bienvenue ! À Bienvenue ! Mais...

Les sanglots l'empêchaient de continuer. Chacun savait désormais qu'il n'y aurait pas de restaurant à Bienvenue. La douleur lui ceinturait la poitrine.

Des gens passaient devant eux, sans les voir, immergés dans leur propre vie.

– Je suis heureux de vous avoir vue, Évelyne, j'aurais tant aimé que vous soyez ma fille, je veux dire ma belle-fille.

– Puis-je vous confier un secret, monsieur Deschaumes ? Promettez-moi de ne pas vous fâcher. Lazare ne serait pas content.

Il l'observait de ce regard puissant qu'il avait toujours dans les moments d'inquiétude. Il attendait. Décidément, cette fille le surprenait. Elle paraissait si forte, elle n'avait pas pleuré.

– Lazare et moi sommes mariés depuis quinze jours, c'était notre souhait le plus cher.

Il se leva et la prit dans ses bras, la serra très fort.

– Je suis très heureux, oui très heureux, même si...

– Moi aussi. C'était notre secret, sa manière aussi de me laisser Chapelou. Je n'aimerai personne d'autre, vous le savez bien !

– Je ne dois guère m'attarder. Je ne reverrai plus mon fils, je le sais. Prévenez-moi, Évelyne...

L'homme voulut repartir seul, dans les rues de Paris. Peut-être se parlait-il, ressassait-il son passé, prisonnier de son secret ?

À Bienvenue, tout sembla morne, lugubre à Hippolyte.

Le lendemain, Évelyne lui donna de mauvaises nouvelles. Puis elles furent plus horribles encore : le stade final, la phase terminale, comme disent les spécialistes.

Hippolyte partit le matin avec son chien Fidélien arpenter les terres, ces terres qu'il destinait à son fils.

– Lazare ! Lazare ! martelait-il en frappant le sol de son bâton.

Il fit le tour de ses champs, et rentrait en passant près de la Fournial lorsqu'il aperçut Ernestine sur le pas de sa porte. Il se dirigea vers elle, sans réfléchir. Après le bonjour d'usage, il lui dit :

– Si vous n'avez rien prévu pour cet après-midi, passez donc à la maison, je voudrais vous parler.

– Diable, dit Ernestine, que voulez-vous me dire ?

Mais déjà l'homme s'en retournait chez lui, suivi par son chien.

– Il a l'air bizarre, le père Deschaumes !

Elle continua sa lessive. Puis, tout à coup : « On est mercredi, le jour où la Louisette se rend à Rougerie, alors ça doit être confidentiel ! »

Deschaumes avait besoin de parler, pour la première fois. Était-ce la mort prochaine de son fils qui le poussait à cela ?

Les hommes de la ferme déjeunèrent avec lui, comme d'habitude. Louisette s'empressa de débarrasser la table, gagnant ainsi un peu de temps. Ces après-midi représentaient tant pour elle, aussi se préparait-elle avec soin, sans toilette particulière, mais propre. Puis la mobylette pétarada en laissant derrière elle un petit nuage bleu.

Trois heures passées, bientôt la demie. Ernestine n'arrivait pas.

Un empêchement, pensa Hippolyte. En l'attendant, au lieu de rejoindre ses hommes au travail, il entreprit de nettoyer son fusil de chasse comme il le faisait chaque année à l'approche de l'ouverture. Il se mit au travail, le tout déballé sur la table. Quatre heures avaient sonné à la pendule lorsque Ernestine arriva.

– Je suis un peu en retard, j'ai eu une visite.

– C'est pas grave, j'en ai profité pour entretenir mon attirail de chasse et vérifier mes provisions de cartouches. Je vais faire de la place, asseyez-vous un instant. Le temps de pendre mon fusil à sa place, près de la cheminée.

Il poussa le reste vers le fond de la table.

– Vous avez quelque chose à me dire, monsieur Deschaumes ?

– Il y a bien longtemps que j'aurais dû le faire, mais vous verrez que ce n'est pas si facile. Voulez-vous un café ? dit-il pour gagner un peu de temps.

– Je viens d'en boire un, merci, ça me met les nerfs après.

– J'ai décidé de vous confier un secret. Ça ne va pas vous plaire, vous allez me haïr, madame Charensat !

– Vous me faites peur, monsieur Deschaumes. Vous n'êtes pas bien ?

– Non, je ne suis pas bien, Lazare est en train de mourir, j'attends un coup de téléphone d'un jour à l'autre, et même d'un moment à l'autre. Il est à l'hôpital de Paris, c'est la fin.

– Je voyais bien qu'il était malade ce jeune, oui, je l'avais bien remarqué. Je pensais pas que c'était grave à ce point et je peux que vous plaindre.

– Ce n'est pas tout, madame Charensat, non, ce n'est pas tout.

– Qu'est-ce que ça veut dire, c'est pas tout ?

– Vous rappelez-vous de la naissance de votre petit-fils et de mon fils, le même soir et presque à la même heure ?

– Mon Dieu, si je m'en souviens ! Moi, j'ai perdu le mien tandis que vous... Qu'est-ce qui vous prend ?

Hippolyte regardait le plancher. Il ne pouvait plus reculer.

– Je ne vous demande pas de me pardonner mais d'essayer de me comprendre, si vous le pouvez.

– Comprendre quoi ? dit-elle brusquement en se levant.

– Lazare est en réalité le fils d'Angéla.

– Vous êtes fou, vous divaguez ? Pourquoi vous me dites ça aujourd'hui ? Qu'est-ce qui vous prend ? dit-elle, prise de panique.

– Je voulais vous le dire avant qu'il ne meure, car il est en train de mourir...

– Je ne vous crois pas, ce n'est pas possible ! Mon petit-fils ? Ange ? Comment vous croire ?

Elle perdait son sang-froid, elle tremblait de tout son corps.

– Vous me faites trop de mal, trop de mal !

L'inquiétude, le désarroi la gagnaient tout entière. Elle s'assit de nouveau, ses jambes ne la portaient plus.

Hippolyte se leva et dit :

– Ne bougez pas, je reviens tout de suite.

Il disparut dans la chambre voisine. Ernestine observait cette pièce, cherchant à poser son regard sur quelque chose de rassurant, torturée, horrifiée. Mon Dieu, que se passe-t-il ? C'est un cauchemar ?

Hippolyte revenait avec une lettre à la main.

– Voici la preuve de ce que je viens de vous dire, une lettre de Pélagie Sermoniol écrite il y a bien longtemps. Si vous voulez bien la lire. Après ça, je n'aurai rien à vous annoncer de plus.

Ernestine prit l'enveloppe en hésitant. Ses mains de vieille femme sortirent la lettre, la déplièrent. Puis elle chercha la clarté de la fenêtre pour en faciliter la lecture et choisit la bonne distance entre le papier et ses yeux. Elle dévorait le contenu de la lettre, la confession de Pélagie.

Ses mains tremblaient, la lettre aussi.

– C'est pas Dieu possible, elle m'a menti toute la vie cette Pélagie que j'aimais bien !

– Non, elle devait garder le secret entre nous.

– Vous avez volé mon petit-fils ? Et ma petite Angéla en est morte ? Vous avez fait ça ? Vous, monsieur Deschaumes ? Vous avez fait ça ? C'est un crime !

Il disait oui de la tête.

– Vous êtes un assassin, un voleur d'enfant ! hurlait-elle.

Puis, le fixant de nouveau :

– Alors, Lazare est mon petit-fils ? C'est bien ça ?

Et elle hurlait à nouveau de douleur, tantôt agressive, tantôt anéantie.

– Vous êtes le plus grand criminel de la terre, pourquoi avez-vous volé mon petit-fils ?

Elle tenait toujours la lettre au bout de son bras ballant. Sa tête bougeait étrangement, ses bras aussi.

– Je voulais un fils. Ce fut un miracle que ma femme accouche du sien en même temps. Le docteur Cros m'avait informé qu'il serait impossible d'en avoir après la naissance de Sophie. J'étais trop heureux d'avoir un fils enfin, et bien loin d'imaginer la suite. Alors, au matin, lorsque j'ai vu que l'un des deux ne vivait plus, je l'ai changé de berceau.

– Pélagie était votre complice ?

– Non, elle s'est trouvée là, tout simplement.

– Vous avez volé mon petit, vous avez détruit la vie de ma fille ! Si je pouvais, je vous tuerais, monsieur Deschaumes, vous le Monsieur qui prend les autres de haut, oui, j'ai envie de vous tuer ! dit-elle en se ruant vers lui.

– Lazare est en ce moment près de la mort !

– Mon Dieu, je deviens folle, pourquoi vous me dites ça aujourd'hui ? Pour que je souffre l'enfer ?

– Il fallait qu'un jour, la vérité soit dite. Je ne pouvais plus garder ce secret, surtout lorsque je vous voyais.

– Savez-vous ce que vous êtes ?

Hippolyte, pour la première fois de sa vie, baissait la tête. Il pensait à Pélagie qui lui avait dit qu'un jour il parlerait enfin.

Ernestine, en proie à quelque chose d'inconnu, d'incontrôlable, se leva. Le visage méconnaissable, ravagé de larmes, elle le regardait, vociférant des injures. Soudain, saisie d'une violence extrême, elle se rua vers la cheminée, se saisit du fusil et le braqua sur Hippolyte.

– Assassin ! lui cria-t-elle, vous avez volé mon petit

qui se meurt à cause de vous, vous avez tué mon Angéla, maintenant c'est vous qui allez mourir !

– Non, ne faites pas ça, il doit être chargé, ne faites pas ça, vous ne savez pas tout ! J'ai tant fait pour Lazare, je voulais qu'il...

Le coup partit sans sommation. La détonation déchira le silence. Hippolyte reçut la décharge en plein ventre, le choc le projeta à terre, et déjà le sang l'envahissait.

Il tendait désespérément une main vers Ernestine qui accusait le choc du recul de l'arme contre sa poitrine.

– Madame Charensat, balbutia-t-il, ce petit... c'était le mien... j'aimais Angéla... C'est pour ça que...

Elle hurla soudain, les yeux exorbités, jeta l'arme sur l'homme à terre et s'enfuit de la maison. Au même instant, elle entendit la sonnerie du téléphone, il était presque dix-sept heures.

Ernestine Charensat hurlait tant sa détresse la submergeait. « C'était donc mon petit-fils et c'était aussi son fils ! Que le diable emporte cet homme en enfer ! »

Elle rentra chez elle, s'enferma à double tour pour dissimuler au monde son chagrin, sa fureur et son désespoir, sans se préoccuper de son geste.

Dans sa poche, le document dénonciateur. Elle ranima le feu et jeta la lettre et son enveloppe dans les flammes.

– À quoi servirait cette histoire, et à qui ? Mon petit Ange va mourir et moi, je ne peux rien, même pas le voir. Oh ! Mon Angéla, je t'ai envoyée dans la maison du diable, tu étais si jeune et si fragile, qu'ai-je fait ? Jamais je ne me le pardonnerai... Mon tout petit, je découvre seulement aujourd'hui pourquoi tu me troublais, tu m'attirais sans que je puisse deviner pourquoi !

À Bienvenue, les ouvriers avaient entendu la détonation. L'un d'eux accourut et découvrit le maître dans une mare de sang, mais toujours en vie. Sur le bord de la table, avec quelques cartouches, il y avait le nécessaire pour l'entretien du fusil de chasse, chiffons, graisse, écouvillon et quelques cartouches.

Deschaumes eut la force de murmurer, juste avant de perdre connaissance : « C'est un accident... je nettoyais... mon fusil de chasse... »

Les pompiers emportèrent le blessé vers l'hôpital d'Aurillac.

Sophie était prévenue, elle attendait fébrilement. Dès son arrivée aux urgences, son père lui répéta à grand-peine : « Accident... seul... mon fusil... ma faute... » Avant de rendre le dernier souffle.

Louisette avait bien entendu le camion des pompiers toutes sirènes hurlantes, mais ne s'en était pas inquiétée. Lorsqu'elle rentra, on l'attendait. Le téléphone sonnait.

– Que se passe-t-il ? demanda Évelyne. J'appelle depuis deux heures en vain.

Puis, entre deux sanglots :

– C'est pour vous annoncer que c'est fini pour Lazare. Il vient de mourir.

Le monde avait chaviré dans une association funeste.

Le père et le fils avaient rendu leur dernier souffle au même instant.

La noirceur de cette nuit enveloppa Bienvenue, dont le silence fut déchiré par les hurlements plaintifs du chien.

La vie de la ferme et de l'exploitation s'étaient brutalement arrêtées.

Les bêtes furent vendues, et les dernières récoltes trouvèrent preneurs parmi les voisins des terres.

À la Fournial, Ernestine Charensat n'arrêtait pas de parler, de marcher, de crier dans les chemins, sur les routes, dans n'importe quel lieu et disait à qui voulait l'entendre que son petit Ange venait de mourir et sa fille aussi. Les gens de Rougerie comprirent que les événements de Bienvenue avaient ravivé les souvenirs, la mort des siens.

– Elle a complètement perdu la tête, disaient ceux qui la croisaient, elle est devenue folle !

Rapidement, tout le pays sut qu'Ernestine souffrait d'une affection mentale grave, et chaque personne qu'elle abordait lui répondait toujours avec gentillesse. Mme Charensat, sans trop savoir pourquoi, terminait la conversation par ces mots :

– Je viens de perdre mon petit-fils, il ne faut pas que je m'attarde !

Puis l'on voyait sa silhouette noire et petite, toujours pressée, disparaître dans les chemins, du côté de la Fournial, comme une bête traquée.

Vers Chapelou, on aurait pu l'entendre dire :

– Ange, il faudrait que tu arranges ce jardin, les géraniums ont bien besoin d'eau...

Mme Évelyne Deschaumes marchait le long des quais de la Seine. Son regard, bien que porté sur le fleuve et ses eaux troubles, voyait un autre paysage, d'autres personnages, une silhouette.

La ville n'était plus l'immense ville, mais une petite maison dans un jardin croulant sous les géraniums.

Au loin, un village retenait son chagrin dans un silence respectueux, comme il l'avait déjà fait par le passé.

Son manteau se balançait doucement au gré de ses mouvements. Au fond d'une poche, sa main serrait une grosse clef, une clef qui avait ouvert quelque temps plus tôt la petite maison du bonheur.

Soudain, au creux de son ventre, la vie eut un sursaut...

« Chapelou, voilà ton héritier ! » murmura-t-elle en regardant le ciel.

DU MÊME AUTEUR

Aux Éditions Albin Michel

LA NOISETIÈRE, 1998.

LE MOULIN DES RÊVES, 2000.

L'ENFANCE INACHEVÉE, 2001.

LA VALLÉE D'ÉMERAUDE, 2003.

Aux Éditions De Borée

LE SOLEIL DE MONÉDIÈRE, 1994.

LA DERNIÈRE ESTIVE, 1997.

Composition IGS-CP
Impression : Imprimerie Floch, mai 2004
Éditions Albin Michel
22, rue Huyghens, 75014 Paris.
www.albin-michel.fr
ISBN : 2-226-15385-3
N° d'édition : 22537 – N° d'impression : 60189
Dépôt légal : juin 2004
Imprimé en France.